濕地

周芬伶

目錄

當生命退無可退（自序）

我的書通常無序，只有後記，本文就是最長的序，這本書本無序，當有人想採訪時，我卻驚慌失措，真的不敢去想我寫了什麼，也不知該說什麼，這個序就算是個答覆，或自我理清。

當生命退無可退，最難的不是死亡或放棄，而是那些在死中求活，或者視生如死，視死如生的人。

這樣的一些人在我腦海中存在很久了，或者我也算其中之一吧！四十多歲發病，忍耐病痛已是最自然、最正常之事，跟呼吸一樣；死亡的念頭越來越頻繁，但我不貪生也非厭世，生命無意義，或者生命有無意義，都不願再想，然而在最痛苦的時分，只要有一剎那的清明，便能超脫；或者痛苦減輕幾分，便能喘口氣，安慰自己現在比較好了，我已滿足。最好的狀態是停止煩惱，不願再煩惱，而最後免於煩惱。

那常常是寫作的時刻，與煩惱一刀兩斷，思緒自由奔馳，覺得還能跑得很遠很遠，遠到不可想像之處。

心靈的邊際在哪？寫作的邊際又在哪？我不知道，但還有想探一探的慾望。

當大家對閱讀與寫作失去希望與興趣，我也曾經想過這就是邊際了，放棄吧！

前年出完《龍瑛宗傳》，二十年的擔子放下，債還完了，理應開心，我卻陷入前所未有的情緒低潮，主要是再無生活方向與重心，那時就想停筆一段時間，看看能不能過完全不寫的日子。停筆近一年，一大早起來就追劇，晚上也以此作結，十年不看劇，現在一起看完，從陸劇、韓劇看到英劇、日劇，把能看該看都看了，不能看不該看的就中斷亂跳，這樣廢的日子，說來很容易過，還滿開心的，我原是可以迷得很死的人。

生活中的事物不斷在毀壞中，人際關係本來就很淡，有時一時任性，就把不該斷的也斷了，人在不創造時就專會做破壞的事，那時想，還會有更壞的事要來嗎？接著，七月初父親病危，八月過世，喪期內吃錯藥導致恐慌症發作，症狀是無邊的恐懼，看到人覺得被排斥與厭惡，以致一天可以絕交好幾人，還有覺得死期將至，那時想該落底了，還有什麼事能更壞的？

在最壞的時刻只告訴妹妹與兒子，妹妹叫我吃維他命D，兒子說別想太多，感謝他陪我看智障片，讓我睡得很安穩，還不斷推醒我。

父親母親都走了，老家也沒了，巨大的空虛將我吞沒。

父親與母親都是不擅表達感情的人，常將暖意當作冷情表達，有時將冷情轉成攻擊，這與他們靈慧與平和的外表相違，因此格外充滿生命張力，看來是不易老的體質，事實上老很快。他們的最後都在床上躺很久，母親六年，父親超過六年，母親的最後三年已不想活，閉著眼睛毫無反應，她想死卻死不了，這是活中求死；父親九十了，醫生都告不治，他還撐了一個多月，依戀著想聽清每個親人的話，想看見每個親人的臉，他沒準備好，他害怕死亡，他想活卻活不了，這是死中求活。任何一種我都無法接受，但是死亡沒有選項，如同生沒得挑，只能在還能活時，多做活著該做的事，不要老做死事。父母的死亡是子女的小死亡，一種生死的同感與教導，我沒能守孝，只能守生。

溝通是困難的，對於有自閉傾向的人，要理解一件事物要花很長的時間，愛與恨尤其是，當時完全錯會，或者單方面的自以為是，他們的學習慾望強盛，執著於一件事一個理念，卻常不被理解，特別害怕說話或與群體相處。家族有此遺傳，這使他們年少了了，盛年即掛冠求去，過著半隱生活。妹妹說這是腦部與基因的缺失，如沒這缺失，早放棄寫作了，因寫作是求解的過程，對自閉者非常必要。我非常晚熟，花了三十年到四十幾才領悟如何寫散文，五十幾真正寫小說，還在領悟中。

書寫溝通與領悟的困難，於我更是困難之事。濕地。詩地。死地。

九月底，楊隸亞要出書，稿子趕不出來，為逼她，就隨口說我陪你出，出版社居然當真了，要真做了。

那時瘋狂趕稿，原就有四、五萬殘稿，在這基底下寫要死不活、要活不死的人，原來陰暗低下的人，漸漸走向自己的路途，如果說它是極限的嘗試，那麼我也沒找到邊際，只找到不死之心。人會死，心不死，就算死了，也還有別的。

寫作中沒有煩惱，如此安心，那是歸途，也是歸結之途。

怪不得許多人在面臨父喪或母喪，消沉一段時間之後會大爆發，源於生命之樹被連根拔起，那泥土中的空洞、黑洞或者蟲洞無邊擴大，死亡就是個黑洞，只有蟲洞能穿過黑洞。然而蟲洞隨開隨閉，是否存在一些奇異物質或幻影因子，因其陰黑且潮濕，充滿負能量足以創造排斥效應而能防止蟲洞關閉？如此可以讓光透進來，而能抵達不可知的遠方。形成蟲洞的居然都是暗黑物質，據說占正常物質五倍多，它是一個支架，可以撐起一個通道，就書寫而言，這是反向的思考，難道所有的通道都非要由正能量、正面人物構成？

我們的世界正在逆反，正面不敵負面，到處充滿負能量，也許它們只是要形成支架，hold住世界，不使之崩塌。

這裡記載的是一些陰暗且潮濕的奇異、幻影因子，以旋轉的方式扭成一個個結，試著像蟲洞撐開支架，打開一個通道，那麼就會有光通過。本來是小說的原型，已是不好讀，再加上散落的筆記——一個初戀與妹妹的故事，兩股抱成一團，些微的光與大量的陰影扭結，如此更不好讀，然抽走「番外篇」好像失去支柱，空空落落的，最後還是保留。

很抱歉寫了一個如此怪異與難讀的作品。

兩分實八分虛，小說與散文交錯，就算散文也是誇大到不實，分解到幾乎歸零，總之虛實交錯，人我不分，妹妹與其他人都是象徵詞。寫完之後，非常不安穩不確定，請亞妮幫我看，結果等好久。我想是不好吧，後來她說：「很難讀，但好看。」我再問她有出書的價值嗎？她說：「一定要出。」

「一定要出」是學生對老師的敬畏之詞嗎？亞妮寫十幾年了，當編輯也好幾年了，不是很常聯繫的學生，打個五折，就是還可以。

被決定之書，是因為我把自己挖太深，已經無話可說，也沒什麼一定要或不要的。這樣的後退之路，也是歸結之路。

番外篇：草原的律則

我坐在草原的低處望著山坡那頭，這裡有著密密的矮樹林，入秋吹落山風，強度高達八、九級，把山給吹寒了，樹木都矮縮，明明是熱帶卻集合溫帶、亞熱帶與熱帶植物，讓人錯亂的地帶，時空已失去意義，不知有多久我一直坐在這裡，在等一個人，猜想什麼樣的人會從那裡出現，或許我會這樣一直坐下去，根本不會有人出現，但是每當我想起身時，就有人從草原的那一頭走過來。

常常我遇見一些人們對我訴說一些遭遇，大多跟愛情或家庭或金錢有關，在說故事前我都重複同樣的話：

「是愛情故事嗎？我對那種故事沒興趣，而且為什麼我坐在這裡，就要聽你的故事？」

「因為我沒有人可以說。」

「你可以對那頭羊說。」這草原好像只為那群羊而存在，或者只要草原存在，就會有羊群，或者會有人走進來，這便是草原的律則。

「你以為我為什麼踏進這草原，它像有著吸力一般，把我拖進來，我想我會碰到人，果然你就在這裡了。你是個詩人吧？」

「錯！我從不寫詩，我是濕人，這裡有多濕你知道嗎？每當春季來臨，大雨小雨不斷，草原都淹水，我像水中的青蛙，跳不出池塘，全身的骨頭都痠痛，關節在發炎，這裡夏天非常熱，每天都會下西北雨，嘩啦嘩啦，那是跟天一般大的雨，逃都無處逃：熬過春夏的雨，接著是秋天的東北季風，風不僅沒把我吹乾，還從海上帶來豐沛的濕氣，把我變成一塊濕抹布。」

「你都可以當氣象報告人了，什麼風啊雨的濕度的，跟我遇見的詩人差不多。」

「不！你知道我在這濕地坐了多久？我都覺得濕氣堆積在我體內，結成一個水球，造成阻塞，導致關節鈣化，手指疼痛，行走不良，其實我很想走出這個草原，但風濕讓我不能動彈，只能一直坐在這裡，只能一直等，等到有人救我，都說講故事可以救人，那你講個有關濕地的故事，而且只能跟濕地有關。」

「喔！放心好了，你要多濕，它就有多濕。我們來交換故事罷？」

「什麼？我沒故事，我想當一個沒故事的人，我只對他人的故事有興趣。」

「你坐在這裡不就是等人、聽人、寫人嗎？多年來你不都是以暴露自己為生嗎？」

「你誤會了，我是暴露過一些人與事，但是經過書寫，它們已經不是原來的東西，它們是獨立而完整的美感經驗。」

「你在騙你自己，人們到這濕地來，一定在等某些人，或回憶，或書寫。多年前我在這裡碰見一個真正的詩人，他寫了一部作品，風靡過一陣子。」

「然後呢？」

「小說主角死了，他也死了！」

康德

歌德初到這學校念書，被山上的表象迷住了，整個山頭不過百呎高，卻像高巒深山一樣廣袤幽深，巨大的樹林綿延幾十公里，嶺上的風吹得頭髮直拔天空，像指針一樣指著東南西北，臉被風打得東轉西轉，好瘋的風，心也會跟著瘋吧；陽光好的時候，整個草地甜如流蜜，任誰都想往上滾一滾或坐上片刻，這是聖經中說的迦南地嗎？那個流著奶與蜜的土地，是神的應許之地。這裡早晚大多有霧，牛奶白的霧像白蛇一般在蜿蜒小路中繚繞，這麼大的校園學生只有一千多人，樹林中久久才會出現一個人，無論男女皆長髮，那年代男生留長髮是犯法的，然在那嬉皮年代，這裡的男生越是要留長髮穿五分褲與拖鞋，女生自然是直長髮長裙飄飄，這樣的人在樹林中迤邐走來，每個都像神仙，這裡最美的不是樹林、建築，而是林中人。

來不到一個月，歌德覺得自己錯了，這裡的人乍看都是美的，心卻不是。或者越是乍看是美的人，心未必美。或者人與心皆無特別，只是某種神祕的氣息，讓一切變美。看得見的只是表象，那看不見的才有真相在其中。

一切只是表象，歌德容易被這些表象迷惑，她喜歡美的事物，但美只是一場迷霧，在迷霧散去後，她看到濕氣與沼地、漫山的野狗還有住在石棉瓦屋的原住民校工，他們整理花木讓這裡的美景為人稱道，卻很少人注意他們，他們已融入濕氣與沼地中。這裡的濕氣能讓地板浮著水，牆長壁癌，每當南風吹起，所有的景物都泡在水裡，樹林中毒蛇與白蟻遍布，虎頭蜂與毒蠍子橫行，雨後白蟻像另一場死亡的毒雨，地上都是牠們的屍體，那一場又一場的假死，孵化出更多的白蟻，在樹上結成大片的巢穴，遠遠看去像爛瘡一般，或在屋簷角吐著一塊塊土斑，不久整棵樹變成牛糞般，連根拔斷橫屍於地，屋瓦掉落，梁木腐朽，只因白蟻喜歡水與濕，牠們有一條水路，沿著濕氣散播精卵，牠們的濕路是生路，對樹林與屋宇則是死局。心靈是否也存在一個濕地？更陰濕更廣闊，裡面存在著魑魅魍魎，仙狐神妖。歌德知道自己有著過度清純的外表，在外表下是亂七八糟的內心，怎麼亂法呢？譬如她分不清教堂與寺廟的分別，一進去教堂該禱告就禱告，入廟該拿香拜拜也就隨俗，她的內心住著一個無神之神，它化身為莫名怪誕之物；又譬如說愛情，她老是遇上長相醜陋的男人，或者她自知容易被美迷惑，醜男更接近真實與神聖，也更襯托出她的不美為美，她亦喜歡美男，但並無任何美男愛上她。愛上她的都是醜男，譬如說長得像紅毛猩猩的F，還有瘦到兩眼突出肥大的H，可以用圓規畫出原形的R，尚且有一隻紅通通標準酒糟鼻、身高只有一五幾的侏儒男、小兒痲痺的鐵拐男……這些都是她心靈中永遠無法逃脫的濕地，每個醜男都帶給她或多或少的災難，對她來說，那是無愛的表徵，就像荒瘠的墓丘，或髒汙的山溝，所有的激情都像草原飛過的風箏，撐沒多久就會掉下來。

有人一輩子都在談戀愛卻不懂愛是什麼，歌德是一直接受這種濕地的戀情，因此只知道什麼是愛的反面，愛的反面不是恨，恨也是愛的一種，愛的反面亦不是無愛，無愛是虛無，如果愛是一頭野獸，它轉過身去是集憐憫、憎恨、荒涼、痛楚於一身，至於什麼是愛的正面，很少人知道吧。

歌德讀的研究所一班只有七人，全校僅三個研究所，研究生才二十一，在學校走路自是有風，他們都住兩人一房的研究生宿舍，那棟只有三間房，共六人住著的獨立宿舍，自成自己的小世界。跟歌德一起住的是本校畢業的研究生柳真，聽說她是第一名畢業的榮譽學生，還是某教授的乾女兒，手上戴的玉鐲也是他送的，她長得白淨高䠷，最顯赫的是鼻子，東方人少有的完美希臘鼻，照說是大美人，就是衣服的款式配色很犯沖，都是紅配綠、黃配紫、白搭紅的對比色，成套的西裝套裝，或裙或褲，但不知哪會多出一塊三角形或花朵圖案的配備，較正常的衣服也會出現白色鑲黃邊，或黑色鑲紅邊的領子或口袋，完全破壞她清俊的氣質，令人偷偷嘆息，並聯想到精神病院栽種的花木，也都是如此多姿多采；衣著更能展現一個人的心靈狀態，就算是不修邊幅一身破爛，或者赤裸也是一種語言，衣著占著全身極大體積，以霸占視覺之姿訴說一切。此人酒量無上限，在宿舍讀書時是白酒配書，桌上恆常是一瓶白酒，如有飯局，最喜歡把酒都推給人喝，她說話大舌頭卻極流暢常占上風，滿口之乎者也，勸個酒會說：「人生得意須盡歡，莫使金樽空對月，你就門前清罷了吧！」歌德完全不是她對手，許多人聽她跟柳真同宿都以驚駭與同情的眼光看著她說：「她很可怕，你要小心！」

歌德初時覺得還好，她們有時還一起開伙，柳真是吃不胖的體質，才一個冬天歌德胖了整整大一號，一個光明正大喝酒，一個趁無人時偷抽菸，其時前者被稱為逸聞，後者則是醜事，當柳真聞到房間中有菸味，臉上的表情冷峻，似乎在說：「你這不及格的菸酒生！」柳真聊的都是她男朋友與其家人，說男友對她如何殷勤，追她追得多苦，未來婆婆如何疼她，那男朋友常來，又是個好看的高材生，他幫柳真拍好多照片，都是獨照，髮絲會飄在空中或臉上那種，黑白照片中的她沒了那些犯沖的顏色與圖形，是較完全的美人。她對這種資優俊男美女配因絕緣已痲木到沒感覺。

上古文選的老師是個年約八十的老居士，課都在他家上，要搭車轉車一兩個小時，上一門課去了大半天。老老師臉上也是冷峻，上課時連翻書頁的聲音都顯得吵，每兩週要寫一篇古文，看完後按分數發，第一回合，歌德第一，柳真第二，回宿舍後，柳真不再理她，臉上是更嚴峻的表情，之後一陣子都待在乾爹處，連宿舍都不回。第二回合，柳真第一，歌德第三，老師以抱歉的口吻說：「我不知柳真是某教授的高徒，真是有眼不識泰山啊！」歌德不在乎名次，她更喜歡白話文，只是有必要這樣嗎？不過是課堂小作業弄得跟打仗似的，聽說柳真有「第一控」與「一百分控」，沒有拿到第一絕不罷休，而且最好每科都一百，連畢業論文也可拿一百分，她怎能輸給任何一個人呢？戰勝後的柳真更是不理人，一副目下無塵的樣子，那個學期結束，歌德休學。不是因為柳真，這世界上像柳真的人太多了，比柳真虛假的人也太多了，他們不過就是高地人，只看表象之人，當歌德還迷信表象時，這種人常打敗她，讓她覺得是失敗者。所以她追求些莫名的激情，莫名地參加地下讀書會，中日中美斷交臺灣退出聯合國，歌德沒法靜心念書，她的血很熱，書很冰。

柳真睡下鋪，歌德睡上鋪，她整天窩圖書館，總是深夜才回，歌德可以感覺柳真的形影，卻聽不見她的聲音，聽見的只是水聲，水從室外淹進來，慢慢地淹至上鋪，將她們包在玻璃棺材中，要死了，想死了，死都不怕了，任由天花板由雪白轉為霉綠。她才二十三歲就不太想活，一日日直到身心冰涼。

柳真到處說她思想有問題，她也待不下了。

休學那年她在臺北晃蕩，說是要搞革命，其實連邊都沾不著，讀書會裡的每個人神經兮兮，時刻東張西望，懷疑有人跟蹤或要抓他們，她也被他們弄得神經兮兮，如果革命就是說大話與神經兮兮，她寧願吃一頓好的，那些張口閉口愛國愛土地愛人民的，後來大多當了官，當不到官的當教授，也有人淪入另一個濕地中。像她這種逢廟必拜的，政治是另一種廟，她總要拜一下才出來，不，幾乎是逃出來，因一根牙刷主義差點被另一個醜男強暴。裡面的女生分兩種，一種是獅子型，通常驃悍沒人敢惹，一種是羔羊型的，安靜的跟隨者，常是男性分食的對象。在那男女共處一室的公寓，常有一些迷失的羔羊，她們或是逃家或者因略有姿色就成為性工具，她們所謂的開放，其實就是另一種自暴自棄。歌德因外表安靜柔弱常被視為羔羊，其實她的內心住著一個硬漢，好幾次男人爬到她身上，她硬是把他推開，僵持一夜什麼事也沒發生。她不是性工具，也不是政治工具，沒有利用價值很快就彼此厭倦離棄。

她工作的出版社拿不到薪水，弄到絕糧，餓了就吞脫脂奶粉，一大罐奶粉幾十元，可撐個半個月，更餓時就去逛街，有一天在早餐店讀報，有個極有名氣的報導文學家開免費的新聞寫作班，每週末都有，怎麼有這麼好的事？會不會又是一個神經兮兮的讀書會，在當時不得集會的法令下，以各種名目開設的編劇班寫作班很多，為了規避調查，都以黨國要員為名義，事實上做些什麼就不知道了，反正越禁越讓這些集會充滿吸引力。某個無聊的週末她找到那個寫作班，在城市低窪地帶河口區，無法想像還可看到一片白茫茫葦蕩，搖頭晃腦的白花好像在說好不好、好不好，不好不好。房子在靠河岸處，窗口即可看見流淌汙水的埤圳，水邊廢棄的空屋就是教室，約有十坪大小，裡面橫七豎八地擺著幾張摺疊椅，來的人都是社會人士，而且一個比一個醜，這是醜人集中營吧？一個長得像拉長一百八十公分的麵疙瘩男人，臉上有著中風的表情；另一個長得鼠頭鼠臉的矮小男人，偏偏愛穿灰衣灰褲；腦袋像被削一半的小腦禿頭男；還有患脊椎僵直症的男人，如門板般不會轉頭；有張六十歲老臉的女孩，一雙好鬥的眼睛像鱷魚；還有更醜的……歌德有點坐不住，每個人手中一杯即溶咖啡，倒是自在地聊天，她正想著開溜，康德老師來了，天哪！他長得爆醜，五短身材，橘皮臉像個柚子，一頭亂髮，兩道黑眉像梁山大盜，眼睛張大時像銅鈴，一口牙歪七扭八，歌德見的醜人多了，還沒這麼嚇人的，這些人大多是記者，或者將來準備當記者，看來記者不全是俊男美女。

她不知道她跟這群醜人的緣分這麼深，那個麵疙瘩男人成為她的丈夫，老女孩成為同事，而梁山老師成為她濕地的精神戀人。

老女孩名叫胡漣，除了一張老臉，也不能說醜，就是那單得只剩一條縫的雙眼實在令人想替她撐開眼皮，她是新聞記者，跑娛樂新聞，對自己的工作牢騷很多：「每天叫我去寫今天某明星跟大亨生小孩，或者買豪宅新跑車的新聞，簡直是汙辱我，聽那些沒腦袋的假仙女人說假話，簡直是浪費我的青春。」她算是跟歌德較能說話的人，胡漣家世好又愛讀經典文學作品，算是有深度的重度文青，要她去採訪那些徒有表面的影歌星，確是委屈。但她交往的男朋友都是多金又高又帥，這說明她還是重視外表，果然沒多久她把自己整成另外一個人，結交的都是有權有勢的帥男。一個本是濕地人卻一心成為高地人，那種瘋狂更瘋，柳真是無知的瘋，胡漣是有知的瘋。

那時臺灣正颳起報導文學熱，康德的新聞寫作班只上少量的報導文學，大部分時間在講哲學，尤其是康德，他口才看來不怎樣，但腦袋清晰，常能一句話把複雜的事情說清楚，「一切都要從定義開始，一句話打死一個定義。」他是很重修辭的人，把他的話記下來就是一篇好文章。他最常說的一句話是：「這時代有太多假先知了，假先知的第一個特色是大嗓門，第二是壞脾氣，第三是厚臉皮。」每聽到這裡歌德就偷笑，這根本是說他自己嘛！他是不是先知不知道，這大嗓門壞脾氣厚臉皮倒是全中。他身兼數職，既是報紙的專欄作家，又在某大學哲學系教書，聽說他最重要的身分是總統的智庫，常常一部黑頭車就把他載往士林官邸。有關他的負面傳說很多，但康德在臺灣孑然一身，生活過得清苦，看來不像是顯貴之人，而且他免費授徒，以他的名氣，就算收高費用，也會有人湧上來。不，歌德想就是因為負面評價多，才會免費，而且來的都是些異人，人也不多。

上課一段時間，康德並沒注意到她，直到她要在復學與反對運動中作選擇，在一次課後，她留下來請教康德，康德聽完她的敘述，只簡單說一句結論：

「你不是政治的料子。」

「確實，但我也不知我是什麼料子。」

「你教書還可以。」

「我最討厭老師，壞老師應該下地獄。」

「我就是當老師出身。」

「你到底要帶領我們到哪裡去呢？」

「我要帶領你們出紅海。」

這是個瘋狂的男人，自比為摩西，確實，他那如烈火般的熱情，也只有在宗教中才能盡情燃燒，他看出歌德也有一種瘋狂的熱情，這是他們第一次交手。此後康德的書稿都是歌德謄抄與整理，歌德在抄書中得到安靜與狂喜，原來知識是這樣，文字是這樣，她以前的求知都是盲目被動的，那只能說是受教而不能說是求知，現在她知道自己最缺的是邏輯訓練，當你覺得自我有空缺而自動上下求索，那才算是求知。

歌德被留下來的時間越來越多，在那間破舊的小屋，兩人常聊到天亮，然後在簡陋的廚房裡，泡三合一咖啡，配著蘇打餅乾。這種清簡的日子，與智性的追求，歌德是喜歡的，康德常說要過著原始人的生活，才能蔑視一切凡俗，那是歌德只能嚮往，卻不知如何到達的世界，如果一切都回到原始，連話語都多餘，尤其當在與世隔絕的濕地中，如同一座荒島只剩下一男一女，不管他們如何殘敗老弱，也會相互取暖吧！不知從何時起，康德看歌德時眼睛有著小火炬，但歌德只能當他是老師般敬愛，她不可能愛上這又老又醜的男人，但她總是脫離不了醜男的魔掌，因為他們醜，更是反現實、超現實的，讓歌德感到安全，濕地中的求生規則就是反其道而行，知其不可而為之，康德可說是濕地之王，她覺得這其中有某種天啟，類似求道的過程。

濕地之愛，一方面是見不得人，也不被了解的愛，與其說愛，不如說強迫被愛，那像是一場談判，在某個早晨像會報的場所，康德與歌德用三句話決定了這場戀愛：

「我願用自己的生命來換取這場愛。」

「這對我並不公平。」他真的好醜，她找不到比他更醜的，這是另一種宿命嗎？

「我會讓它公平的。」

歌德很想拿張紙來簽約，她心中充滿疑問，怎麼公平法？她才二十四，他已經六十了，滿身的病，所謂精神戀人無疑是沒有性關係的，應該是更親密的一種師徒關係，想必他覺得自己活不長了，沒有性也沒關係。那時歌德有個正在當兵的男朋友，當他們還是同班同學時，在一起三年從未公開，那男孩也從未說愛，只會帶她到荒郊野外強迫她吸他那根，把她啃得快爛了，兩個人都不敢再多做些什麼。在那年代的男女大多只到此為止，更進一步是要負責的，連什麼是愛都不懂的年輕幼獸在樹叢中探索彼此，雙方輕賤彼此，如偷盜般的行為令人羞恥，愛無知，性更令人害怕。

此刻一個男人以大氣魄說出愛，在未開始之前先說定一切，好像他捏住了命運的水晶球，而且玩得剔透熟練，令人讚歎，歌德被震住了，為什麼他如此肯定呢？或者是年輕的果實太誘人，或者這是好色之徒的慣技，但從不知愛，也從未感受被愛的歌德，因為愛從來是個疑問句，而非肯定句，她被這肯定句瓦解了。原來愛始於一個修辭，而他是修辭家，修辭家與吹牛家幾乎是同義，一個愛吹牛的人，需要好口才，越老實低調的人，越不會說或嘴顯笨。過不久歌德進報社工作，與胡漣成為同事，胡漣剛割雙眼皮，眼睛腫得很不自然，但不可否認的，她變美了，男朋友也從土男帥哥變洋男帥哥，像她這樣有深度的女孩對外表如此苛刻，真讓人想不明白。歌德在臺北興隆路租個小套房，彼時那裡很荒涼，房租便宜，康德常來，他是個很會說話的男人，光聽他說話就醉了，他們也嘗試過性，但不行就是不行，因長期吃藥不舉的男人，最性感的還是說話。

他說為什麼要叫康德呢？因他說自己是半個德國人，又是半個哲學家，他最服膺康德那句話：「在我頭上宇宙之星辰，在我心中道德之律則。」並賜名她為歌德，他自稱擁有史上最強的智商，後來才知道他也是史上最強的說謊家，他的出生，背景、學歷、國共戰爭的英雄事蹟，就像小說般神奇，沒人能戳穿，只因那個戰亂年代，幾乎每個人都有一套瞎編的身世，他的身世聽起來就像假的，假話說久了連他自己都相信了。

他說父母皆是英國的教授，然在他很小的時候離異，父親帶著他遷居法國，家裡有奶媽照顧他，奶媽的女兒很是美麗，十來歲就相戀，十四歲為參加祖國戰爭偷跑回中國，在西安讀完大學與研究所，任教於西安大學哲學系，直到中共建國，他成為追捕的對象，逃到香港時身無分文，白天挑石子，晚上在肥皂箱上寫作，沒想到一書成名，那時節他身上穿的是亞洲限量一件的襯衫，直到中共又對他發出追捕令，他才逃到臺灣。

這些故事他說了一遍又一遍，多像床邊故事啊！歌德想以康德的嘴巴，說出什麼都不奇怪，他有許多說謊的理由。

倒是歌德在康德前學到不害怕說什麼，也不害怕種種虛假，有一種自由飛翔的感覺，醜人的奇異智慧中有顆極度愛美的心，越與他相處越忘記他的醜，因而感受到智性的美。康德於她是個啟蒙師，而他也想把一切所學傳授給她，歌德第一次有生死與共的感覺，如果這真的是愛，那麼只要十年，八年，就比一般人的一生相守密度更高，她會陪著他一直到某個終點，雖然不知是什麼終點，但那張無形的生死契約是有效的，如果他後來不進校園，就不會發生那麼多事吧！

康德常說要帶歌德逃往國外，一年又一年，誓言與約定都生鏽了，歌德開始以懷疑的眼光看著康德。

康德在大陸有個髮妻溫虹，他曾一再寫進作品中，也一直有書信往來，然他們分隔近四十年，歌德並無真實感，有一天對方來信，康德讓她看照片，女子相貌非常蒼老，圓圓的臉看來純良溫婉，年輕時也許很美，她的年紀做她祖母足足有餘，康德說：

「頭髮都白了。」

「你想接她來？」

「再過幾年，滿七十就接來。」

「她來，我呢？」

「那就一起住，一起生活。」

歌德心中冷笑一聲，原來還存在一妻一妾的計劃，她寧可讓出，這算是第一道裂痕，原來契約本身不重要，附帶但書才是最致命的，但她不討厭溫虹，真的一點都不討厭。

最大的裂痕是工作，一心想當記者的歌德最討厭校園與教書，她從來不是好學生，也從沒想過教書，她這半生接觸的大多是爛老師，爛老師都該下地獄，她更不願當康德的學生，或者再進入校園。然而康德完全沒跟她商量就接了那如迦南地的大學教授聘書，讓她幾乎是被強迫性地復學，被強迫性先當了戀人才真正成為師生，致命的但書一旦有一就有二，而且越來越致命。離校三年，柳真已畢業，正要當講師，她的乾爹教授帶她來拜訪康德，以謀取教職，歌德正坐在一旁，覺著尷尬，柳真完全把她當空氣，事後她還幫柳真說話，不久柳真當上講師。歌德讀兩年畢業後把論文扔到床底下，回鍋當兩年記者，那一年康德莫名當上文學院長，替她填了擬聘書，要她回校當講師，歌德從不愛說話的人變成以說話維生的老師。為不砸康德的招牌，拿命來拚上課，才教一年，聲帶嚴重受損，失眠並焦慮，背後常覺刺痛發熱，像被車撞身體解裂，她越來越討厭校園，校園也討厭她，她想逃，但康德沒有逃的意思，那正當解嚴之前，他們的愛情契約已至八年。

再當學生與老師完全不一樣了，所有人都以有毒的眼光看著她，柳真又在「她思想有問題」加上「陪老師睡」這樣的罪名，歌德才三十歲一身臭名，全院老師團結起來對抗康德，康德的一生就是汙名史，歌德的妖魔史才正要開始。這一挖不得了，黑函不斷，說他的國籍、學歷、經歷都是假的，是黑牌教授，還有人把他侵犯女學生的事寫上報紙，有人在院會中當眾對著康德大吼：「你是間諜，是空降部隊，我會舉報你，我是上面的密探。」歌德想逃，她對這校園感到噁心，偷偷地申請外國學校，被康德知道後，他常威脅她：

「我把毒藥都準備好了，你離開我就自殺。我死後你活不過十年的。」

當感情變質後，相對都有怨氣，有時讀康德送給她的書，到處有他的標記「啊，歌德！」「我的小天使」這樣的句子時，她感動落淚，但如今她只看到康德的老醜，愛消失後，只有不堪。當時有個女大學生小都住在康德宿舍，如今歌德也很少去了，小都就像孫女陪伴著他，會不會出事呢？歌德以女人的敏感意識到這個問題，但只要念頭生起就壓下去。

偏偏那時歌德遇上一個漂亮的男人，從來沒跟漂亮的男人談戀愛整個昏頭，那是在陝北的一次文化訪問團中，接待他們的是官方文化單位，每天由不同人輪班，在西安往延安的路上，小旅行車上來一個面孔俊秀，身穿空軍夾克，藍色卡其褲的年輕男子，這身裝扮大概是初開放的大陸男子最帥氣的打扮吧？他上車後朝大家點個頭，眼神炯炯，那目光彷彿有張網籠罩著歌德，她不是一個自作多情的人，然而兩頰發熱是怎麼回事？只有臉朝窗外，那時正下著所謂的初雪，天地都在她的悵惘中變得悽愴，眼眶中也有初雪吧，當愛的神話被喚醒，那巨大的能量會讓天地跟著旋轉，原來一見鍾情是這樣，與其說它是建立在容貌氣質，不如說是某種神祕的磁場被悄悄啟動，但這是單向的，一定是，否則如神人般俊美的他怎會看上相貌平凡的她？被愛之閃電擊中的歌德，看什麼都是別有深意，甚至激動到流淚。譬如說那幾個鏡頭景色都無變化的黃土坡，左窗右窗都一樣的老土地，偶爾出現一個人或一棟土房子，一棵樹，都是那樣孤單惹人憐愛，又譬如說是老紅軍住的窯洞，周恩來、毛澤東的紡紗機，延安紀念館中的歷史照片，或自製的肥皂與火柴，土槍與麥稈，這些帶有神聖意味的革命紀念物，顛覆國民黨的謊言，聽說胡將軍打到延安時，八路軍全轉到地下，徒留一座空城，國民黨因而慘敗。此後兩方各編各的歷史，版本相反，目標與方法卻一致，詆毀消滅對方，取得正統地位。兩岸相隔數十年，生活與思想有如人鬼殊途，完全無法溝通與對話。在大陸剛開放時，對臺灣的統戰無所不在，連愛情也是，然而歌德並未察覺，不斷尋找那男人的身影，而他只出現一天就不見了。回到西安後，一整團人去吃羊肉泡饃，歌德因重感冒無胃口留在旅館，一直到九點多突然想喝點熱的甜的湯，便出外覓食，沒想在大廳遇見那男人。正確地說那男人其實早就看準她，在大廳等她，男子自報姓名陸恆，帶她去吃熱騰騰的湯圓，然後在西安街道上走了一整夜。他說他第一眼就注意到她，在聽秦腔的那晚，還有爬大雁塔時，參觀王寶釵假寒窯時，座談會與演講時，他的眼中只有她，只因另有要務沒去延安。陸恆剛從空軍退伍轉業，在黨部與省府當小主管，然而他才三十一歲，比歌德還小一歲，也許接待單位都要帥的？歌德幾乎是憤怒地質問他，憑什麼注意她，一個又一個憑什麼，陸恆有點招架不住，把她按在古城牆上吻她，他的吻很拙劣，是會讓人幻滅的一擊。這是一個什麼樣的狀況，歌德花了好幾年才明白過來，臨走的那夜陸恆又來，抱了她又吻了她，彼此留下聯絡方式，此後每通電話每封信都像催命符，索取她的魂魄，而所有的呼喚都是要她投向他的懷抱。現在歌德的身心靈都典當在西安，只想著奔向陸恆，她在濕地待太久了，需要一點正常的空氣，她躲著康德，整個人都排斥著他。陸恆一週一封信催她，正策劃著出國之際，康德自殺身亡，表面上是他遵守了他的諾言，毀約的是歌德，然而康德的毀約是在但書，所有的但書都是最致命的。

歌德從不相信康德會真的服毒自殺，事情發生得太快，需要用一生消化，或者根本無法消化。存在他們之間的是愛嗎？如果是，為何完全經不起考驗？與其說愛，不如說是信念，相信人可以超越世俗，走上神聖。也許這世界上神聖的事物如此可望不可及，最後證明凡是人都不能擁有，也不准擁有。康德的死將她從天上推落地面，證明她不過也是普通人，而康德是不是騙子？一想及這問題令她快發狂，她只有走出去，然而她也不知要走到哪兒去。

所有的形而上都敵不過形而下，或者說，形而上較持久，形而下較刺激。而所有的表象也敵不過真相，再怎麼堅固的表象都會瓦解，但不意味所有的表象中都存在著真相，真相有時在彼處，而不在此處。

葬禮很簡單，康德像被世界遺忘的人一樣，來的人都是寫作班的同學，主要是胡漣與麵疙瘩、小腦男、僵直男還有一些八、九十歲的老朋友，小都蹲在角落哭泣，組成怪誕的送葬隊伍。他們圍著康德的棺材，被冰很久的屍體在盛夏中很快腐爛，發出惡臭，歌德不忍看，麵疙瘩說：「天啦！有蛆在爬，他真的醜爆了！」歌德昏了過去，醒來時麵疙瘩在幫她遞水遞毛巾。輪流守靈時大家都住麵疙瘩家，他家較大，一起住好商量，辦完喪事後，又一起整理康德遺著，他們每週固定集合一次，也是在麵疙瘩家，有時弄到半夜，大家分頭找地方睡。有一天早上起來，歌德有早上的採訪約，麵疙瘩轉了鬧鐘，歌德是被他叫起床的，桌上有早餐，稀飯焦了，荷包蛋是黑的，歌德為趕時間胡亂扒兩口就出門，後來才知道麵疙瘩整晚沒睡，他從沒做過飯，卻為她做了早餐。

之後，麵疙瘩固定四天給她寫一封信，為什麼是四天，這是一個奇怪的週期，他的字很醜，像蜈蚣在爬，寫的都是他自己的事，文筆像較好的流水帳。歌德覺得他怪得離譜，但在那段哀傷的日子，他的信跟她抄寫的心經一樣，有種奇怪的鎮魂的作用，他在她最糟糕時扶她一把，差不多救了她，她甚至可以拿命還他。

她跟醜男還真有緣，醜男更是禍水，因為他們甩不開，而且不能被甩開。

在搭車送葬時，有個老詩人坐她旁邊，彷彿憋了許久一股腦說著：「他說的好些事都是假的，英國人、遷居法國、父母是教授、從軍、在大學教書，連第一本書……。」歌德看了他一眼，現在說這個是同情她被騙嗎？還是鞭屍呢？有那麼恨他嗎？不是說老朋友老哥兒們嗎？

人都死了，真的或假的有什麼區別嗎？她只想到溫虹那頭白髮，這世界上只有她會為他的死流淚吧！她想去找溫虹，現在就算住在一起也沒關係了，就聽她說故事吧！用故事逼出真實的眼淚。

康德的身世完全是虛構，有多少是真的？除了他的學問是真，其他都是謎團，跟一個人相愛，不只是修辭，所有的修辭一旦變成實質，就像火山爆發一樣不可抵擋，灰飛煙滅之後，並非結束，還有那飄不盡的火山灰，從這一個大洋洲到那個大洋洲，如今她是火山灰了，也只能是火山灰了。沒有人能懂這是什麼樣的愛，也沒人能詮釋這樣的愛，連她也不能，他們在一起八年，感覺過了一輩子。康德幾乎把一身所學教給她，把她打磨得光光亮亮，如今她有了自信，什麼事都難不倒她，什麼事都抵擋不了。他是個好老師，但為什麼要說那麼多謊呢？什麼是真？什麼是假？什麼是道德，什麼是敗德？原來康德不是康德，歌德也不是歌德，而是道德的反義詞，然而道德的反義並非敗德，而是虛偽，一個這樣遵守生死諾言的人，會講那麼多謊話嗎？此後，歌德沿著康德的生命路線，找尋他的身世。

硬要跟她同行的是那個拉長的麵疙瘩，他在中學教書，假較多，也甩不掉。

終其一生，歌德都在找尋康德的真正身分，而沒有結果。

番外篇：哪裡去東北季風

自從父母雙亡，家完全失去意義，我一直坐在這片草原，等草原那頭有人走過來，發呆的時間實在太多，記憶像風一樣穿過我眼前，最常想起的是祖母與妹妹。她們之間沒有關聯，回憶像刺繡用跳針將她們銜接在一起，記憶是為了放下，當它們像壞掉的錄影帶重播一次，就會完全損壞，只剩下雜訊與閃光。

紀錄也是一種清洗，在洗衣機的水渦中快轉，那已破洞的衣服會粉碎，粉碎的東西化為碎片，有一天將成齏粉。

聽許多別人的故事，更覺得過往的事跟自己有著距離，而且越來越遠，但在這個草原，那些飄散的幻影，偶爾與天光雲影聚合，發出異樣的光，尚且格外清晰。

「起風了！」每當祖母以聆聽之姿說這句話，我的心會抽動，恍若死去的世界甦醒過來。

照說東北季風吹不到老家，那時吹什麼風呢？多半是夏末秋初，恆春半島會吹落山風，臺灣位於顯著季風區內，季風是為氣候特徵，冬天吹東北季風，夏天吹西南季風，從十月到隔年四月，連吹七個月東北季風。古早時期想必威力更驚人，《淡水廳志》就記載：「八、九月後，雨少風多，其威愈烈，掃葉捲籜，塵沙蔽天，常經旬不止。」威烈的季風讓沙塵翻飛，風打石走，沿海的房子必須在屋頂壓石頭，否則一夜醒來，屋頂都掀了。

落山風最北至林邊枋寮，至大武山就被擋住了，幼時只記得夏夜一陣陣比電扇還涼的西南風，老人都說：「這港風尚涼！」在四季都有暖陽的屏南，冬天並無風的印象，而那常是秋冬之際，祖母傾著耳朵捕捉風的走向，她說的起風是不是幻覺呢？她聽得見遙遠的風聲，或者她渴盼風的來臨？如今她已過世三十幾年，每當東北季風吹起，她的影像與說詞隨著風飄出來，難以抑止。

直到來到這山裡，才知道什麼叫東北季風，那是發了瘋的風，吹得人站不直，頭髮都像指針指向天，什麼髮型在這裡都會變瘋子頭。窗戶咚咚響，整座山變咆哮山莊，但我已無法記起更多細節，只剩一些殘存的記憶，一夜風緊之後，地板上一層厚厚的紅灰，那不知從何處飄來的曠野之土，有著豔色風塵；那連圍巾也飛上天，長髮掃到臉頰的刺痛感；甚且棉被越蓋越冷，室內如冰箱般讓一切冷卻。

然而心無法冷卻，那時我剛開始寫作，稿子被通知刊載，可以快樂好幾天，祖父母身體康健，父母親正在盛年，如果沒有兩個小弟，生活會更安寧富足，老家雖有名聲，並不算富裕，屬於祖父與姑婆的盛世已經過去，我們只是小康小格局度日，然姊妹都上了好大學，正要賺錢養家，母親事業越做越大，房子越買越多。直到弟弟接連出事，從未離開家鄉的單純父母，至此沒有寧日。

好比一場場惡風吹過快傾斜的屋子，起風了！起風了！祖父母在幾年內連續猝亡，父親因弟弟老要出入警察局，自覺無臉見人，剛升到最頂提早退休，年紀還不滿六十。母親的生意依附父親的工作，因此走了下坡，也在這時弟弟輪流出大事。順風的日子誰不會過，逆風的日子，比吃黃連還苦，每一步像要走三十步，還會倒退、蹎踣碰撞。逆風行走，早衰的體質一一顯現，精神衰弱、失眠、過敏、免疫系統失調。血統是奇妙的複製，上一輩的高血壓、糖尿、精神官能症以更早發更細緻的方式顯現，研究醫學的妹妹，為解開DNA之謎，讀書找資料而至頭髮早白，她有糖尿與過敏，最後終於得出結論，我們的腦部缺乏某種物質，尤其混雜過的血液，容易產生這種脆弱體質。她認為大舅的發瘋、二舅的酗酒早逝，跟弟弟的狂亂是遺傳之毒，其來源是腦。

腦是如何神祕而複雜的器官，它早已自動設好程式，而你以為是自己的主人，能改變一切、掌控人生，其實你只是腦部程式的執行者，一組密碼，迷亂的程式，某種缺失。

回想這些往事如同壞掉的影帶，只剩一些雜訊與細節，記憶也像蟻道，自我延伸，自我侵蝕。祖父與小祖母一直到我開始教書時，才發現我的存在，搭火車時，祖父坐在車站候車座，提著米糕來送我北上，他坐在長椅上微微笑著，深凹的眼眶與高眉骨下藏著深深憂鬱，好像一個深閨女人有著曲曲心事，他安住在他自己的世界，與外界無涉，並把我寫進日記中，那是否是失智的前兆；祖母看著我買給她的珠珠繡花鞋文文笑著，因高血壓眼睛紅得像兔子，她已無法行走，扶著牆壁慢慢挪移至客廳，跌坐在那張我選購的藤椅，而我在她喊一聲就走時剛好到家，最不被她看好的人替她送終，而她早已想好穿著我送她的鞋走。

父母雙亡的感覺是麻木空虛，被這個世界拋棄，當時父親也是這種心情罷！但我們只知道要跟著哭，心中並無真正的苦痛，那是小愛小歡的家庭，對至喜至悲尚無所知。

當陸地的氣溫低於海，風就灌來了，氣溫越低風越大，如此惡性循環，如果是寒流夾帶東北風，那會讓人失溫，還有暈眩。譬如梧棲為季風最狂之地，走在路面上覺得道路傾斜，天空歪曲，狂風把我扭成一塊抹布，渾身灰與痛，冰凍如死，那會咬人的風，讓視窗也缺角，一切看去都歪了一邊或破損，我第一次領略風之惡。

婚後我變得愛計較，每分每秒的計較，讓淚水流不停，我以為自己擁有豐沛的淚水，到三十七、八歲左右已有乾眼之症，醫生說，如果正常是十，我只有一。我還沒事似地到處玩，一年出國好幾次。直至真的倒下來，也才四十歲初。一連串的脫序與出事，是否也是病的一種？是祖父的還是大舅的？

我以書寫殺出這無間循環，腦如蟻穴，一大群擠成團塊如米粒般的白蟻迷走，傳遞訊息，吐出某種酸蝕毒汁，溶蝕出一條蟻道，直至屋梁斷裂，木柱中空，只剩一張皮，人死留皮，木死也留皮。書寫或如蟻道，在暗黑之處，群蟻焦躁難安，拚命溶蝕出迷走地圖，攻城略地；我介入自己或他人，使木空梁斷，如霸王之師卻無人迎戰，只是影子與影子的廝殺。

那些與這些不過是某種腦的缺失，沒多久，就會像祖父般自閉、隔絕，迷失於道路之中途。

兩個妹妹罹癌後，自覺也難逃此症，做好一切準備，練習死亡。每一次睡眠都像小死，據說死亡是偉大而絕美的工程，我拋出一切，連自己也空無，所有的念頭都消失的那刻，呼吸中止，如死亡般的證悟，證悟般的死亡，不知經歷過多少次的死亡練習，我收到醫院的切片檢查結果，良性。

如果是離島澎湖，季風如強烈颱風來襲，整排摩托車倒地，有幾臺離地飄移，風從右邊掃，把我旋轉半圈，又從左邊掃又是半圈，連前進都無法，連忙躲進狹細巷弄，躲了好一晌，而風只有更大，如何脫身呢。我聽見內心有風在咆哮，因顫抖而斷斷續續像頭獸。

辦完父母的後事，老家只剩一堆牌位，無家無父無母，不用出家，自然已是出家人。

接下來還會有什麼更壞的事要來嗎？腦的程式走完了嗎？我好比一座空屋，所有的東西已被歲月洗劫一空。我收拾一些老照片與紀念物，老家已快清空，我的生身之地將化為空無。

如今這裡早已不吹東北季風，許多年了，早已無風的記憶，連霧也不來，無東北風之後吹的是西南風，每當一陣雨過，或者濕熱的天氣，地板浮著一層水氣，傢俱與皮製品長滿白霉。大自然的調節很奇妙，東北季風掃過的地方，像天然乾燥機，不太容易長霉，如今只吹南風，南風所至，濕氣籠罩，正適合白蟻繁殖，我的房子已被白蟻盤據，吃掉整座木作與竹製沙發，只剩空殼。

當失去變成常態，甚且越來越重，越來越多，那麼能失去的越來越少或已歸零，應該概括承受，並且習慣它，不承受不習慣又能如何，習慣失去後，會更珍惜眼前的一切，小小的得到就能大大滿足。也許失去也不真的失去，如同此刻用文字追憶，這些與那些都再活一次，美好的事物保存在記憶中更安全。被腦中之蟻群啃咬過的殘存記憶，那是更為嚴實的心靈之物。妹妹說要改善腦的缺失應該補充維他命D，她像傳播福音般到處訴說。

妹妹只是在自我療傷並療傷他人，我偶爾也補充維他命D，只為支持她的努力與付出，不渴望療傷，只渴望還能渴望，有著堅強的渴望能力。

也許這都是幻覺，所謂腦與缺失只是一種假設，人生上坡與下坡沒有區別，這世界有所謂完美的存在嗎？當強烈颱風來襲，那喪屍大軍般的颱風讓一切搖晃與毀滅，這是幾十年未見的大劫毀，這裡已成樹之墳場。大樹斷裂或連根拔起，草坪那幾丈高的百年老樹幾乎被蕩平，騎車繞校園內心一路泣血，樹木也有必須自斷其生的處境，它們不掩藏，不躲避，迎風作戰，該斷則斷，也無所謂埋葬，只有天葬，可是千百年來它們就是如此活過來，不斷死不斷生。

風過後那晚半夜醒來，走一走喝點東西再睡，半睡半醒間，上床前看的影片畫面，不斷重複演出，不知重複第幾遍，我已化為劇中人，上演離奇深情的他人之生，並說著一遍又一遍同樣的臺詞：「難道這一切都是夢，我夢見你，你夢見我，你為什麼要隱瞞，那真的發生過的事情，那是我愛你你也愛我那樣的事。」醒來後，窗上還黏貼著被風掃落的葉片，如一雙雙瞪大的眼睛，它們盯著我，我也盯著它們許久，不知多久，我已不復存在，我是他人，他人亦是我，或者從來未存在過，一切不過是因緣聚合，有了「我」這樣的概念，這樣的身軀，那絕不是真的，我只是夢見非我的人生，這些人事物有一天也必將潰散，化為風塵的一部分。

再也沒什麼可驚可怕，可喜可怒，人生不是為求上升或下降，只求這一刻領悟，或者愛。

起風了，起風了！不知那已成鬼丘之老家，是什麼樣的風走過？
那之後，我便進入這片草原，成為濕氣或水或淚的一部分，並感受巨大的虛空。

記者主義

胡漣辭職那天，從報社大門奔出時，朝地鐵走去，有人故意撞胡漣一下低聲罵：「幹！『妓』者，萬華的。」她回頭瞪他一眼，他是個半遊民，應該說是半瘋的遊民，胡漣走到他面前說：「老娘不幹了，我辭職了！」回頭向前走，淚水從她的眼睛溢出，三十年一覺新聞夢，她最好的青春都給了報社，今天自動繳械。

記者這行業歷史最早可推至十六世紀，記者跟金錢與商業脫離不了關係，在義大利威尼斯資本主義萌芽時期，商人們和手工業者亟需了解商品原料產地、銷售市場以及有關交通、政治、軍事的最新狀況，有些人就以採集及販賣政治和宗教消息、商業行情、航船行期等新聞為專門職業，這些人可說是最早的新聞記者。莎士比亞筆下的《威尼斯商人》可以說明當時威尼斯的商業活動有多蓬勃，無奸不商，無消息就無生意，而威尼斯商人的精明到現在仍是一樣。胡漣二十年前去威尼斯，在水晶玻璃工廠，威尼斯商人操著標準的閩南語鼓舞著：「這組多少？三萬？無免，兩萬？無免。歸組尬這組水晶杯，攏總萬五，郵錢掛在內，給你送到厝。俗啦！」看一個高鼻子白人講臺語，大家笑得忘記鎖緊荷包，紛紛買了價格昂貴的水晶燈和水晶杯，摸著鼻子出來都有被下迷藥的感覺，威尼斯商人的那張嘴比新聞記者還厲害。

許多人都是受清末民初的報人感召，徐鑄成、邵飄萍，他們不但豎立報人的典範，一個個都是文章好手，而胡漣是看了《老殘遊記》，陳獨秀、胡適、徐志摩、郁達夫這些人的文章，因而對辦刊物當記者產生興趣。以上這只是胡漣的官方說法，其實是因她爸還有老師情人，他們都是學新聞的，學新聞的身上有股特殊的味道，是油墨與報紙味，也像鈔票味。他們的門面如果不細看你會以為是科技新貴或是富二代，如果是電視臺那就更明顯了，高調的名牌，剪裁得宜的套裝，如果是休閒打扮那就更有特色，他們是名牌牛仔褲與卡其褲的擁護者，而且就那幾牌穿來穿去，尤其超會買房子，地段是第一考量，因不是真正有錢，房子的狀況都很糟，二、三十年以上的老公寓，有錢味、紙味、粉味、酒味，就是沒有墨水味，相反地他們很討厭文人或學究，覺得寒酸落伍，他們自覺走在時代尖端，那只是自覺，或是幻覺。

父親是某大報的副總編輯，胡漣從小很少看到他的人，他下班凌晨一兩點，她在睡覺，胡漣上學時他在睡覺，胡漣放學他在上班，假日也上班，休假都是非假日，越是重大節日越晚回來，有一次颱風臺北淹水，他涉水去上班，晚上坐救生艇回來。家裡的報紙

三、四份，讀報是大排場，也是一日大事，好不容易看到他，都是在讀報。她看到報紙就想吐，母親也是，她們一起譏笑父親是中油墨毒的人。油墨很臭，她很少讀報，母親帶她去學鋼琴跳芭蕾，把她打扮得漂漂亮亮，後來胡漣覺得她把女兒當洋娃娃養，只為炫耀；國高中叛逆期，胡漣跟一群愛玩的同學常常離家出走，短則一天長則五天，其實也沒幹麼，抽菸喝酒閒哈啦吸強力膠，有一次殺到墾丁，在民宿裡瘋狂吵鬧兩天，最後一次是母親報警，他們一狗票人全送進了警察局，父親來領她回去，他什麼都沒說，胡漣跟在他後面等著他罵，但他什麼都沒說。

不久胡漣變成報社實習生，當時大學沒考好打算重考，白天補習，補習完直接到報社，在報社實習的都是大學生，只有胡漣是大學重考生，算是特權階級，她的工作在編政組，主任很喜歡當眾罵她讓她難堪，後來才知道他是父親的死對頭，有名的大聲公一罵，整個辦公室都聽見了，「胡漣，你送稿送到地獄嗎？剛剛稿子哪裡去啊！你豬頭啊！」嚇得她魂都飛了，一句話也說不出來，越是這樣胡漣越是要撐下去，她喜歡看工人分稿送稿的樣子，拿一個小方籃子，收走編輯上的稿子與標題，然後送到主編那裡去，重要的稿子再送到總編輯那裡，他們奔走於像禮堂那般大的辦公室裡，像流觴曲水般那般流暢而具有暗示性，他們都太懂得暗示，只要主管一挑眉一個眼神就明白什麼意思。其中有個清秀的送稿員，在她十八歲生日時送她一套黛安芬的內衣褲，性暗示非常清楚，他是多麼懂得暗示性，一種隱性修辭，可見是其中老手，她沒有不喜歡他，就是覺得他缺少一種東西，過了許多年她才知道那是什麼東西，幾次約她都搞失憶或失蹤。

胡湹的位置就在靠門口最邊角，在這個充滿暗示性的空間，權力等級分得很清楚，只要畫個格子都知道他的等級，權力最大的坐最前面正中央，越靠近那裡的職位越高，父親在中間偏上，編政組在中間偏下，而她坐在最下，跟最上是最遠的距離，而那送稿小伙子不在這權力格子中，他是個移動者，介於記者與工人間，越是移動越沒權力，所以如果要上床，應該跟最上端最中央的胖子，這是未滿十八的胡湹就了然於心的事。

那一年父親因發了一篇「通匪」文章，被調查後關進監獄，那段日子她家的生活變成一個無法打開的黑盒子，大家不談不說，各種疑問與恐懼的眼光包圍著他們，彷彿身上有毒或罹患瘟疫，許多人躲著他們，以前常來往的親友故交都不來了，父親明明還活著，家人卻像遺族般被遺棄。胡湹記得每當會面日，母親不讓她一同前往，戴著帽子與太陽眼鏡，還有一些食物獨自去探監。父親突然消失，她這特權實習生也做不下去了，他們搬到監獄附近，據說是父親的要求，心靈上離家近一些，可以自我幻想只是搬到家裡附近住著。那時的景美還很荒涼，也是低窪地區，每雨必淹水，有一次水淹到桌子以上，母親抱著她爬到衣櫃上，望著四處飄流的衣物鞋子放聲大哭，胡湹沒有哭，她恨父親。

父親的位子空了，房裡的燈都黑了，水淹到頭頂，她們的生活也到頂，她跟家庭的鍊帶也斷了，父親出獄大概無法重新做人了，這個任務大概要由她來完成，她要斬斷過去，換個名字重新做人，「重新做人」變成她的生命主題與模式，不是像蚯蚓、壁虎的斷尾求生，而是貓有九命一直重新來過，「重生」似乎是她這輩子最重要的命題。她變得沉默，大多數的時間沉浸在幻想，像愛麗絲一再跌入仙境，那裡有城堡、花園、兔子……一切可欲之物。

隔年胡漣考上大學，進入山上的那間大學新聞系，在校園裡頭格子沒那麼複雜，但也有一些隱形的格子，老師除了上課根本不存在，上課時坐最前面的是成績好與想巴結老師的，坐後面通常是邊緣份子，漂亮的女學生則不管坐哪裡都是男老師眼神追蹤的標的，這樣的標的三兩個，她也是其中之一。胡漣那時長得不美，但長瓜子臉配上一頭及腰的長髮，說話聲音很嗲，穿著洋派像個小嬉皮，常戴一頂法國貝蕾帽，身材凹凸有致，許多男老師明示暗示想接近胡漣。照說她應是喜歡男老師勝過男學生，不知為什麼沒動心，另外一個跟老師交往，那個女孩倒是真漂亮，短髮穿短皮夾克迷你裙短靴，常坐在老師車中，看到熟人就躲起來，動作實在太大，其實更明顯，後來還真修成正果，兩人雙雙移民美國；另外一個成了明星，才大一就有貴公子開車接送，胡漣呢？天生的誰都看不上眼，母親常說她是挑剔精與磨人精，長得醜不說，連兩百分的東西都嫌，將來一定找不到對象。

母親錯了，她喜歡的夢幻極品總是會自動向她報到，而且誰說愛建築在相貌上？越是與美無緣的人越愛美，或者最終放棄美，追求形而上的東西，但追求美的過程，不完全是形而下。

在康德那葦蕩中的教室，她只是個憤世嫉俗者，她並不常去，康德讓她想到父親，心中翻起種種不悅，她也討厭那些醜怪的同學。有一次大家一起去看電影，看完在附近餐廳吃飯，那時大家比較熟了，僵直男五海與小腦男謝易年紀較長，大家戲稱僵直男為班長，小腦男為副班長。小腦男謝易會算八卦，各給大家卜一卦，康德是「乾」卦，至剛之象；僵直男五海（當時還叫光男）是「咸」卦，即交感相連之象，胡漣覺得有意思，五海確是善於感通，他是個陽光通靈者，愛做公關事事都要靠他聯繫，看來有點準，便也求一卦，她得到的是「明夷」，是傷害與黑暗之象，卦雖有道理，她卻悶悶不樂，康德說：

「黑暗中能生光明眼，能拔石中劍的只有你。」

「什麼意思？」

「你聽過亞瑟王的故事嗎？梅林法師為什麼知道如何拔石中劍，因為他常處於黑暗之中，他有一雙光明眼。」

「老師在說笑，我哪有什麼光明眼。」

「你有許多幻象，分不清現實與虛幻。」胡漣心中一驚，小腦男看人還要卜卦，老師才真的有光明眼。

「你們當中，你最像我。」

那天歌德得到「旅」卦，為探索之象，看來平和，康德卻有新解：

「你是一個對追求究竟有無窮熱情的人。」

麵疙瘩得到的是「夬」卦，有絕裂之象，當時大家都想不通這個木頭人，會與絕裂何關，日後許久才明白。

溫虹

康德死了，歌德無法吃無法睡，也無法做什麼，連未亡人都不是，喪禮只能躲在角落哭，老詩人丟出的疑問成為最後的遺言。在遺物中找到溫虹的照片，卻沒有地址，多年來，她的事都是輾轉由朋友捎來，她快七十了，還想到臺灣嗎？現在最重要的是找到她，聽說她住陝北，特別拜託陸恆找她，他滿口答應，並請了長假說要陪她去找，他是有多渴望歌德去大陸，渴望到令人生疑。

她當然想見陸恆，需要再確認這個男人的意義，他的出現與歌德的背叛間接導致康德的死亡，一個突然出現的被認定漂亮男人，靠著蹩腳的吻修改她的人生，他是真心或者假意，她必須確定。

歌德飛到西安，這次沒讓麵疙瘩跟，陸恆正等著她，他關係好或者可幫忙她找到溫虹，帶著這樣的任務去見陸恆，更有正當的理由，畢竟是萍水相逢的人啊！

很誇張的，她飛到西安時，陸恆直接在停機坪等她，那正是寒冷的雪季，相隔一年，發生這麼多事，再見陸恆感覺完全變了，也許他們的激情都在黑夜，她永遠記得小雪中那張令她心慌意亂的臉，還有飛行夾克，好像是電影中的大特寫，通常不是現實，而是異次元，再怎麼平庸的人被放大十倍二十倍特寫，都會震動人心。如今在豔豔白日下的他樣子非常土氣，脫了那身飛行夾克軍裝，帥度只剩十分（只是因為那件夾克？或許這也是一種制服控），天氣只有兩三度，他身上一件套一件，都是祖父、父親時代的衣服，發了黃的藍襯衫，裡面有芥末黃的厚內衣，以及織針很粗的灰色毛線背心，寬到快垮下來的老爺西裝褲用布繩子綁住，外面罩著黃綠色紅軍長外套，那顏色樣式完全不適合他，走在街上男男女女大都披著這樣一件外套，合身的大多是假的，不合身的大多是真的，真的更醜一些，在九〇年初期大陸的男性服裝語言完全往扣分的方向走，那與貧富無關，關乎美學。在一個藏美揚醜的時代，亂穿或者說混搭是一種豪氣霸氣的顯現，當解放軍裝被認為是美的標準，那像龜殼般的顏色鋪天蓋地且滿街走，這種美學多令人害怕，多麼怪誕！歌德能接受醜，但不能接受霸氣的揚醜，更怪異的是連臉也變了，令人不舒服的腔調與臉部線條，這完全不是記憶中的那張臉，多年後，歌德才知那是戀愛中人的野獸氣息，人在戀愛中那被愛的變美，不被愛的變醜，連呼吸都難以忍受，還有時代與兩岸的距離殘酷且具體的顯現，那是一種認知的誤差，誤差度往往過度誇張，譬如乍見時的驚心動魄，還有生活實相顯現時的荒謬錯迕。當車至旅館，歌德發現被陸恆安排住在同一個房間，這個男人已被扣分到接近負分：

「我要自己一間。」

「沒房間了，都訂滿了。」

「那換一家。」

換了一家，房間非常簡陋破舊，但有多的房間，兩人住隔壁房，兩間房互通，可以上鎖，歌德進房立刻上鎖，當天晚上睡至半夜，陸恆用鑰匙開了房門，並爬到她身上，歌德聞到舊毛線的味道想吐，用力推開他：

「你想強姦我嗎？」

「你來找我不是為這個嗎？」

「不，我不喜歡你，我確定，明天我馬上走。」

「幹啥呢？你怎麼變了個人？」

「對不起，給我點時間，別急！否則我馬上走。」

「別這樣，你不是託我找個人，好不容易才找到線索。」

「真的？你答應不碰我？」

「我答應，明天就帶你去找溫虹，她住在銅川。」

陸恆回到他的房間，整晚歌德聽到他咳痰吐痰的聲音，老秦人果然豪邁啊！

隔天先到康德任教過的西安大學打聽，事隔四十年，舊檔案早已毀掉，而且她敢肯定康德用的是假名，康德可能是他的筆名或化名之一，從何找起呢？

陸恆騎腳踏車載她，她不願碰陸恆，為怕掉下來，坐在後座邊邊，很快屁股痛得無法忍受，他為她借來一輛腳踏車，兩個人在一天內重遊舊地，他們都想找回原來的感覺，卻無法重來，如今他們只是剛認識的朋友，比陌生人好一些。

第三天坐車往銅川走，銅川古為耀州，所產瓷器曾為貢品，它那綠中帶灰的顏色跟越窯接近，然薄而尖硬，印花畫花技巧可說達到高峰。這裡的土質奇特，近代發現地底下有豐富的煤礦，產量最高達全國三分之一，如今是個炭煤城，空氣中充滿黑色懸浮粒子，一抹到處是灰，連人的臉孔也是黑黑灰灰的，在這令人咳嗆流淚的城市，溫虹住在這裡做什麼呢？

依著地址，找到的第一個溫虹是個鼻孔黑黑的小姑娘，歌德氣炸了，回到旅館兩人大吵：

「你一直在騙我，不過就是騙我來。你存的什麼心？」

「是你一直說要來的啊！」

「你說反了，是你寫信一直催我來的。」

「你一點都不想來？」

「想，但是不想見現在的你。想見的是上次的你。」

「你說啥我聽不懂，難道現在的我不是上次的我？」

「上次太美，這次太不堪。」

「說白了，是你瞧不上我。你看你身上的衣服，連羽絨外套，都是我沒見過的外國材料，牛仔褲只有電視電影上見過，臺灣人現在富，瞧不上咱們了。」

「不是那樣的，是我被我的感覺騙了。」

「我就是我啊！我還是我們局裡文武雙全的美男子呢！這麼糟蹋人！」

「對不起，我無法勉強自己。」

「連吻都不行？你不知道我等這一刻有多久了？」

「拜託，別強迫我！」

那天晚上，陸恆還是要硬著來，像要登聖母峰那般用力與艱難，一再被歌德推走，生理產生的排斥是很本能的又是那麼強烈。

陸恆找到的八個溫虹，三個在陝西，兩個在鄭州，兩個在上海，一個在北京，第二個溫虹住黃陵，也就是古黃陵所在地，這裡有三百多公頃的古柏，陵墓相傳為黃帝衣冠塚，古稱「橋陵」，為中國歷代帝王和著名人士祭祀黃帝所在，有「天下第一陵」之稱。漢朝之前稱為「軒轅廟」，漢武帝時改廟為陵，自唐大曆五年（七七〇年）建廟祀典以來，一直是歷代王朝舉行國家大祭的場所。黃帝是真實存在的人物嗎?如果真實存在,衣冠塚能保存到今天嗎?聽說大陸有好幾個黃帝陵,這是歷史最久的一處,溫虹為什麼會住到這地方來?

時值過年前,秋收後,到處都有人敲鑼打鼓扭秧歌,男男女女手拿紅彩帶,扭著屁股變換隊形,其舞步有點像臺灣的弄車鼓,只是擺動弧度小些,隊伍後面跟著一堆小孩跟著扭,陸恆一時興起拉著歌德跟在隊伍後面舞動,這時的陸恆的臉就像周圍的陝北大漢,輪廓深皮膚黑中帶紅,也許這裡的人更接近漢人的魂魄,這可能是雪中初見一刻莫名的吸引力,在這地兒,歌德有點明白了,那是遠古的鄉愁,是精神性的,所以不能被冒犯。

溫虹住在一個小村子,年紀跟康德差不多,不識字,當然不是她要找的溫虹,她熱心地燒柴火煮麵條,煮好的麵條放在臉盆中,配著辣子吃,還有一些窩窩頭,連青菜都沒有,在這裡只要有辣子跟白麵條就做皇帝的老土地,這就是陸恆生長的地方,也是在這裡,陸恆提出要她留下來的要求。還帶她去看「回歸」祖國的老榮民,歌德忍住許多話沒說,一說就會大吵,兩個人想的根本天差地別。

為什麼統戰能做得這麼用力與粗糙?大家都歌頌農民的可親可愛,他們是土地與勞動的象徵,這家被挑選過的模範村民,因為擁有村裡第一臺拖拉機,因此「富」起來了,歌德無法想像自己操作拖拉機的樣子。

陸恆回到鄉下，跟鄉人打成一片，還唱起這裡的「眉戶戲」，唱得有模有樣，隔著距離看陸恆確是能文能武的近美男子，但是感覺死了就是死了。

沿路都有人請吃大餐喝好酒，省裡的小官到鄉下就是大官，那宴席之靡費跟農民相比，可說是滿漢全席了。歌德渾身不舒服，藉著酒醉先回房，睡了一下，真醉的陸恆回房，又是爬到她身上，歌德氣瘋了，推開他穿著睡衣就往古柏林中跑。

山上真是黑，陸恆滿山遍野地找她喊她，他帶著手電筒與警棍像瘋子一般，聲音帶有哭喊，一直到天快亮，歌德才從林中走出來，像個千年女鬼，陸恆流著淚想抱她，卻又不敢，到底是誰欺侮誰，現在分不清了：

「你一直在騙我，每個溫虹都是假的，我不相信你，以後我自己找。」

「你說的溫虹，六十五歲以上靠七十左右，知識份子，丈夫是西安人，估計在陝西附近是沒錯的，但是不是還活著就不知道了！」

「那上海與北京、鄭州的我自己去。陝西還有一個住哪裡？」

「安塞。」

他們繼續往安塞走，歌德知道這將是再一次的徒勞，但這是最後一程了，走完最後一程將是永遠的告別，如果必須走上這一遭才能分離，她願意用時間與空間來換取，陸恆對她是什麼樣的感情她無從理解，也不想理解。有時他站在田野中抽菸，眼神像受傷的小狗往她這邊直射，她的心像被針刺，愛情真的無法分析，或經得起分析，她只能忠於她自己的感覺。

安塞是一個古老的邊防要地，如果黃土高原是個大沙漠，此處算是小小的綠洲，這裡出產的葡萄與甜瓜特別有名。表面上是個安靜的農村，農民趕著騾車上田，一派安詳，可他們也趕著騾車為人們表演腰鼓，身高一米八以上的大漢，兩腮有著高原紅，換上白色衣褲，頭繫白毛巾，紅腰帶紅腰鼓，他們打著鼓，一邊彈跳一邊還要搖頭晃腦，在持續性地變換隊形中，黃沙迷漫，天地都在晃動，表演完畢馬上換回農民衫趕騾車回家。這種日常與無所謂才是最驚人的。所謂「漁陽鼙鼓動地來」，鼙鼓也是小鼓，說明小鼓打時連地都震動，它起先是戰鼓，後來這裡的男女老少都會打腰鼓，它是一種橄欖形的小鼓繫在腰間，當地人又稱花鼓，本為驅邪，後為戰鼓，再後為廣場藝術。安塞地處黃土高原腹地，民風淳樸，因地處邊境與世隔絕，人口稀少，更需以鼓作樂助膽，為此留下古老鼓藝。

歌德在黃沙中流淚，那真是天然的屏幕，讓她與人群隔絕，她為康德哭，也為存在的實感而哭，常常她沒有存在感，這壯闊的背景就像一個舞臺，總有什麼事該發生，至於是不是真實的感情，真實的淚水，要多年後的某一刻才察覺。也是許多年後，兩岸生活接近，她再見陸恆，他的打扮與臺灣男人並無兩樣，黑色襯衫墨綠色卡其褲，她被他的外表再次動心，再次整個心靈沙漠灌滿海水，然她確知那只是好色之愛，他們無法再進一步，愛美並不代表吸引力。然而她多麼希望能愛他，就如同陸恆的希望，他越是追問索取，歌德越是退後拒絕，只有每當失戀時，她會跟陸恆通電話，他的話語讓她更空虛，她說她的，他說他的，有一次說他頭被打破了，問他為什麼？他說老父老母跟鄰居打起來，他加入助陣，全家都掛彩住院，歌德不知該說什麼，老秦人果然剽悍，「赳赳老秦，共赴國難」，電話無聲許久，她掛了電話；還有一次打電話，他得心臟病住院，他說是因過度思念而得的心病，是太太殷勤照顧（他何時有的太太，或者一直是有的），他們之間是不可能了，歌德又掛電話；再一次是大地震時，他來問安，接著太太說：「太慘了，你來住西安，一切都管吃管住……」，歌德知道他們之間早就結束，或者從未開始，或者一開始就結束。她談的戀愛與陸恆談的南轅北轍，永遠不對頭。

只有在夢中一再重複的對話讓人淚醒，夢中歌德真心實意對他說：

「我真的要走了，你不要再留我。」

「對我真的沒一絲絲感覺。」

「太多了，多到無法再喜歡你。」

「我是這麼喜歡你，喜歡到心都破了個洞……」

「喜歡不是愛，我要的愛你無法給，我曾經比你想像的瘋狂愛你，這輩子我都不可能這麼瘋狂，只看一眼幾乎燒掉所有的一切，那些都是真的，也許太美好太絕對只能存在某個瞬間，像消失的靈感怎麼追都追不回來。現在的感覺也是真的，我真的很想重新喜歡你，一再一再地從那場雪開始。」

那塊乾旱的黃土高原，也是某種高地，就像英格蘭與蘇格蘭、蘇格蘭與愛爾蘭之差別，住在高地的人與住在沼地的人無法對話，甚而要打起來，分裂各自獨立，而她只適合在濕地中生存，濕地並不利愛情成長，它讓人與外界隔絕，聽不見彼此的話語，一切的溝通都是枉然。

事實上，除去康德，歌德一生都在懷疑真愛的存在。一個假人的真情更容易損毀一個人的心，以致所有真人的感情都成為虛情假意。愛是要拿命來換的，這是康德用自己的死亡告訴她，這是如何堅實的諾言，她一直無法推翻他的話。就算他虛假的身世，也無法推翻。

小都

小都在康德自殺前十個月一直陪著他，其時康德的身體常臥床不起，需要人照料，她以工讀生的名義住在康德的宿舍，做些打掃燒飯的工作，晚上睡在樓下的小房間，康德睡樓上，有時康德會要她抄寫稿子，拿些書給她看，並講講書，她可說是他最後一個學生。在歌德背棄康德時，康德寫好遺書，視力模糊、身體已虛弱的他都快七十歲，在小都的眼中就像爺爺一般，令她想起自己的爺爺。從小在爺爺奶奶照顧下長大，比父母還親，爺爺雖沒讀過多少書，但對讀書這件事十分著迷，鄉下還有愛惜字紙的習慣，凡有字的紙都不可隨便丟棄，因此撿回一些破爛的紙與書，並要小都讀給她聽。他喜歡接送她上學，或者陪她去圖書館念書，雖然只是讀些童書或簡化的名人傳記，他也是恭恭敬敬，捧著書像捧著珍寶。寫書法最喜歡寫「仁」這個字，年幼的小都認為是爺爺識字不多，只會寫兩個筆劃簡單的字，但爺爺說：「仁，就是兩個人，愛不是一個人，一定要有第二個人，兩個人在一起，才有仁，仁比愛大，因為對親密的人很容易，對陌生人很難，能夠愛陌生人更是仁啊！」他們的夢想就是小都能讀大學，當她考上大學那時，他高興地到處炫耀，她是他們家族中學歷最高的。這讓她對知識與書本有著崇拜，而康德老師就是這一切的代表。後來她才知道古文字的「仁」作「千心」，或「尸二」，千是一人，一人之心是仁，以一人之心愛一人是小仁，愛千人即是大仁；或者古時陪屍守葬（尸二）是愛的最高表現，因此愛死者是愛的另一種表現。

她每天做完家事，都會陪著康德散步，他喜歡散步，小都牽著他的手慢慢走，兩人一直走到天黑才回。康德寫信時，她不知是遺書，有一天他將信交給小都要她轉交給歌德，並將一串鑰匙託付她保存，是埋在地下箱子的鑰匙，沒有說明地點，並一再叮嚀死後二十年才能打開，之前不能透露。康德曾向小都訴說歌德離他而去令他心碎，他又老又病再沒有力氣活下去，寧可自殺絕不願病死，這些話她都以為是情緒性的話語，在她的人生中只有努力向上，「吃得苦中苦，方為人上人」這些爺爺奶奶為她構築的勵志人生，沒有自殺、絕望、心碎這些字眼。爺爺奶奶是青梅竹馬打小就訂親，他們的婚緣愛情完滿，一生相守，幾乎沒吵過架，他們的婚姻勾勒出她想望的未來，越傳統越好，她相信老傳統與價值，她內心住著古老的靈魂。

信沒上封，康德似乎並沒阻止她看，她讀了信的內容，覺得這封信似乎也是為她而寫，而她會遵照他的話好好活下去。

康德自殺前一個禮拜，剛好寒流過境，特別冷的那幾天晚上，半夜康德推開她的房門，在床前他身體顫抖著說：「我好冷，全身冰透了，可以幫我搓搓腳嗎？」康德坐在床上，他的腳冰得像冰棒，小都用手幫他搓腳，花一兩小時一直搓到腳有一絲暖意，他才回房，夜夜如此。

第七天晚上，康德沒有來，晨起去敲門，康德已氣絕多時，她是第一個發現康德死亡的，原來他這幾天的冷，是想自殺沒死成的冷，也許服了藥沒死，或者服藥前的停頓點，那是死前的徘徊與孤寒吧，是溺在水中的人的最後掙扎，她幾乎是搓著他半死的身軀，她不明白為何康德要自殺，而且在自殺前搭上她，讓她終身如同活在墓穴中。原來死前會很冷，就像鬼魂來索取生者的溫暖一樣，那段生死相依的日子，讓還未戀愛過的小都，看到如死亡般絕望的索愛者如大海般吞噬一切，而當真正的死亡來臨，她感到巨大的恐懼與空虛，如同突遭遺棄的幼兒只能蹲在墳墓邊哭泣。

才二十歲的小都很快交了一個男朋友，很快上床，很快懷孕，很快結婚，距離康德死亡只有兩個月，她覺得腹中的孩子是康德投胎，她想把康德重新生出來，一次又一次地再生死相依。這就是爺爺說的「仁」，陌生人之愛，死者之愛。

當她在康德的送葬隊伍最後嚎啕大哭，歌德以懷疑的眼光看著她，他們之間一定存在某種關係，尤其是在給大家的遺書中叮嚀歌德特別照顧小都。當小都懷孕時，歌德想那一定是康德的種，然而他不是不舉嗎？如果是的話，康德做了如何不倫與殘酷的事，他的屍體一輩子都要壓在小都身上，還買一送一嗎？她特別找了小都質問：

「你跟康德之間發生什麼了嗎？」

「沒……我只是打工做家事。」

「自殺之前他做了些什麼？」

「早上散步，下午他都在寫東西，晚上……他說他很冷。」

「很冷，然後呢？」

「他要我幫他搓腳。」

「然後呢？」

「我就一直搓，搓到他腳不冰。」

「然後呢？」

「他就回房了。」

他腳很冰，歌德覺得冷，他帶著全身冰冷自殺，或者自殺前他早就死了，是她害他的，是她逼他拿出命來。歌德似乎可以看到那景象，並感受到那冰冷。接下來是總總可怕的想像，她的腦中塞滿各種不堪的畫面。

「孩子是誰的？」

「我的。」小都眼眶很快泛紅。

「康德要我特別照顧你，我本來不懂，現在懂了。」

「不是他的。」小都哭喊。

「是他的，只是我無法相信他如何辦到。」

「不是他的，但我一直夢見他，太真切了那感覺，我懷的是他，我要把他再生出來。」歌德不相信來世，更不相信投胎轉世。

「你瘋了，你以為你是聖母瑪莉亞，能受神孕讓基督復活嗎？」

「不要懷疑我們的關係，我們是清白的，我們散步的時候，他談的都是你，他還有一份遺書要我交給你。你背叛他！你置他於不顧！」小都憤怒地仰著臉直視著她，歌德被抓到痛處，不再作聲，康德連遺書都讓她看，或者把他們的事都告訴她，可見他多麼信賴她。

康德的遺書寫著：

歌德：

你於病中歲月，不忍離開而終於離開，老直覺到你眼神異樣，剛直的一瞥與柔婉的一瞥之間，那該洶湧著潛意識的差異，隱藏著尚未表達出來的問題——潛意識在不知不覺之中，永遠訴說著心靈的最大祕密。

不過，此刻，我決心聽天，不聽祕密。

因此，我欲繼續談每一種成熟的傳統文化，最後都產生感覺世界的一種祕密語言，只有為這種傳統文化所化的人，始充分理解，也只有他們才有清新敏銳的反應。

聖經上說，愛是長久的忍耐，又有恩慈。恩慈是宗教語言，不是文學語言，恩愛才是。恩愛所產生的感染力，遠大於恩慈，恩愛有動感，因用語曖昧而迷人，恩慈並沒有。

而這種上帝與魔鬼之間的猝遇，經常是耐人尋思的。

一個悲劇性的民族，她的感覺世界偏於陰柔，故帶慧敏反應的祕密語言，塞北不如江南，駿馬秋風不如杏花春雨，關山戎馬不如小橋流水，紅塵煙火不如疏林遠寺，朱門大宅不如竹籬茅舍，花團錦簇不如秋草寒林。

現在，再回到恩愛與恩慈。

恩慈與聖潔同在，恩愛中閃現生命的活力；前者可以是單向，後者必須是雙向的。故恩慈成聖，恩愛成痴，痴而至於痴絕，就夠進行天才的遊戲——一根蠟燭，兩端燃燒。這場痛苦的遊戲，正指涉生命的圓成。

恩慈論恆道德情操，恩愛評鑑生命價值和意義。

所以，有恩愛在，一切荒謬可笑的，都是合理而感人的。恩愛中流露的感情，第一是自然的，第二是自然的，第三還是自然的。恩愛是內心世界的標準，恩慈才是外在世界的律則。恩愛使人活得有勁道，恩慈卻經常使人活得有凹陷，驀然回首，多少無奈和多少無力感，使我茫無所措。

說這話時，心靈的空虛混亂，以及重重疊疊的陰影，逼使我只能擁有恩慈。絕望與放棄，使瞳孔裡滿溢暮色與寒意。懷念從結束處開始。罪惡感必將與日俱深，今生不能報答的，來生必將結草銜環以報。

但有一肺腑之言必說，你仍擁有鮮綠的年華，海闊天空的生活。在往後的日子裡，假如生活是美好而幸福的，那麼，就別忘了恩愛是人生的強大動力，是我們無限追求的明確目標，因為生命之美全在恩愛。假如生命是恩愛的，美好不美好，幸福不幸福，到底跟我們有什麼相干。

特別為你祝福！

康德就是康德，老師還是老師，遺書中還在上最後一課，她只感受到生與死的對立，並將自己的罪投射到小都身上，如果存在小都與康德之間的是恩慈，那麼康德與她之間的是恩愛嗎？她感受最深的是罪惡感，然後是憤怒，康德用這種方式宣告自己的恩慈，將她陷入不義之中，讓她背負一世罪名。什麼是來世銜環以報，他真的已進入來世，而且就要轉世生下來了嗎？一個哲學老師最後告訴她的是來世與恩愛，多麼老掉牙的語言，跟一個村夫沒兩樣，她痛恨這樣的結局。

輟學結婚生子的小都，丈夫阿健做木工，他們是高中同班同學，那時阿健就追求著她，在鄉下小都的美麗太過頭了，連外校男生都來追，而且都是功課好的，阿健的功課也不錯，但小都起初沒太注意他，追她的人太多了。他只敢在她抽屜偷偷放一朵花或未署名的卡片。有些假日，每當輪到一週的值日生都會持有教室鑰匙，提早或最後開門關門，他會在假日進入空教室，在小都的座位上坐好半天，有時就趴在她的桌子睡著。有一次小都的鉛筆盒忘記拿回家，到教室拿時，看到阿健坐在她座位上，她想這個人太痴了，沒戳破他就回家，此後她記住那個坐在她座位上睡的男孩，他的樣子實實壯壯，眼睛像羊一般忠誠溫順，但不難看。

學校的木椅很脆弱，中學生正是野獸與破壞期，桌椅常故障、窗子老是破的，阿健的手巧，會主動修東修西，他那雙曬足陽光的手讓人放心，當小都的椅子壞時，阿健趁假日偷偷修好，這些事她都記在心裡。有一次班上旅行到日月潭，剛好有許多人游日月潭比賽，同學中有游泳健將想加入，被老師制止。晚上幾個同學相揪去偷游，都是游泳校隊，小都也在其中，阿健也是校隊，但他只在岸邊看，他有救生員資格。他們膽子也太大了，日月潭的水很深像有吸力，要用兩倍力氣才游得動，有幾個游了一下就上來，只有小都跟一個男生拚命往前游，那男的成功越過潭水，小都卻沒影子，一下子大家都慌了，岸邊的阿健一直看著小都，當她游到中途已無力時，阿健跳下水，快速游到小都旁，推著她往前，一直游到對岸，說起來這是玩命的事，在黑夜游潭危險萬分，而且誰沉潭也很難立刻發現，阿健無無法阻止他們冒險，但他得當救生員。

他真的救到她，這游泳的事沒人敢說，小都差點沉潭，要不是阿健早就沒命，這件事太嚴重了，只能死死地壓在心底，隔天大家都當沒發生過這事一般，但這件事牢牢記在小都心裡。

阿健畢業前不久，因父親生意失敗罹病死亡而被追債，他輟學當木工學徒，很快出師養家。小都上大學之後，他雖戀著她卻不敢寫信。在一次高中同學會中，出席的同學大多是大學生，他本想不去，但他想見小都，也許以後就只能在同學會中看到她，遠遠地注視，或者這將是最後的一次也說不定，他記得小都不喜歡參加聚會或活動，聽說她要參加，於是鼓著勇氣出席。說真的，那天的滋味真不好受，一堆名校的大學生圍著小都轉，且以輕蔑的眼光看他，小都變得更美了，美得渾身都是刺插進他心頭，好幾次他想中途離去，真的要離去時在外頭碰到小都，兩人擦身而過時，小都很小聲地說：

「不要走！」

「啊？」

「我也想走了，等我拿包包一起走。」

他們兩個一起中途偷偷離開，阿健第一次跟小都走得那麼近，渾身都在發抖，他不敢出聲，怕聲音也是抖的。

「我是因為你才來的。」

「啊……」聲音果然抖得更厲害。

在康德死後，小都無法上課，無法入眠時常想到阿健，他那足以擋風擋雨的身軀，當她接到同學會的通知，便宣告她會參加，她知道阿健一定會因她而來，而她有好多好多話想告訴他，她才二十歲經歷過的死亡煉獄的火烤，她已老了，或者說已經死了，以太空梭的速度提早過完一生，或者直接到了下一世，這一世她要跟阿健做夫妻。如果她的上一世終點是康德那雙僵硬冰冷的腳，那麼這一世的開頭希望是阿健厚實溫暖的手。

之後，小都常寫信給他，阿健常來看她，都約在學校外面。阿健沒勇氣進大學校園，從南部坐車到北部通常已天黑，他們在夜市裡晃，阿健會買些可愛的小東西送她，他現在已是師傅，收入不少，一直逛到半夜，走不動了，宿舍也關門，只好到阿健投宿的小旅社坐坐，老闆娘看到他們以淫邪的笑說：「金童玉女一般哦！好速配。」好像是把他們送作堆的媒婆，第一次兩人就接吻，吻到天亮才睡著，兩人像小孩一樣抱著睡，衣服都沒脫。

第二次阿健一直啃她脖子，啃了一夜，不敢脫她衣服，快天亮時，小都先幫阿健脫衣服，然後才是自己，好像在進行一項神聖儀式，阿健的身體在發抖，那裡尤其抖得厲害，小都的手握住他，像抓到一隻白鴿般，乍驚乍喜，她喜歡年輕有力的身體，也感受到自己身體像傑克的魔豆般一直生長到天上，這才是真活，她會因此從死中活過來。

「我們結婚好嗎？我不願意弄壞你。」弄壞這字眼令她想到她坐的那張椅子，雖不準確但她喜歡。

「那我們現在就結婚，你已經用戒指套住我了。」昨晚在夜市，阿健買了一只K金戒指送她，她立刻戴在手上。

「你不知道我有多珍惜你，你這麼好，我配不上……」

「噓，不要說……你上輩子就喜歡我對不對？」

「蛤？」

「所以，這輩子你也會喜歡我對不對？」

「我連下輩子下下輩子都會喜歡你。」

「那就對了，因為你這輩子對我有恩，這輩子下輩子我都要還你，現在就可以開始。」

「開始……」阿健抖得說不下去。

亞當與夏娃就這麼開始犯罪，瘋狂地犯罪，壓抑的情慾一旦爆發，就像火燒山般沒燒幾個山頭不會停止，小都在歡愛中流淚，心中呼喊著：「這就是恩愛嗎？康德說的恩愛。」阿健也在歡愛中流淚，他的內心臺詞更多，從他們認識的那一刻，一直說到此刻，說了幾天幾夜，大意也跟小都差不多，只是冗贅許多，像日月潭的潭水那般多。

沒多久就懷孕，然後結婚，時間安排得這麼緊，她深信康德必將投胎轉世，藉由她再生，她願意走過那從死亡到再生的橋梁。

阿健是過分單純的人，連美麗的小都為什麼會嫁他都沒問，但他們是相互珍惜疼愛，真心想在一起。歌德常去看她，聽她講康德最後的半年，看她肚子漸漸隆起，小都為即將出生的孩子準備的小木床上堆著小衣服小鞋子，死亡用這種方式轉化痛苦，誰能擁有恩愛，小都與新婚丈夫看似恩愛，然而只要看到歌德就淚漣漣，她在害怕，在忍受非常人的痛苦，然而歌德無法安慰她。

小都太理解康德所講的恩慈與恩愛，從小爺爺奶奶對她是恩慈，而他們之間的愛就是恩愛，雖然他們從不把愛掛在嘴上，但當她躺在爺爺奶奶之間，常聽他們說七世夫妻的故事，她相信有來世，而爺爺奶奶也相信他們就是七世夫妻，生生世世都會在一起。老派的愛她最能領會，她知道存在康德與他之間的是恩慈，但她一生追求的將是恩愛，「恩愛」是康德給她最後的作業，結婚生子，愛丈夫與孩子，雙向的愛才會圓滿，付出愛同時接受愛，生生世世的愛將是她一生的目標，康德的信更讓她確認這點。

歌德有次去看小都，她剛去找了通靈者五海，這次見到她沒哭，心情平靜，看來民俗信仰是真有撫慰人心的作用，歌德不相信這些迷信，小都幽幽地說：

「五海看到我，說我的靈魂變矮了，只剩三吋，再這樣下去，會被鬼魂拖走的。」

「你也太迷信，居然相信這個。」

「在我們鄉下，死者過世都要觀落陰，知道他們去了哪裡？」

「你不是說他到了你肚子。」

「離出生還有八個月，那時才會回來，但是他現在在哪裡呢？」

「地獄吧！他輕輕鬆鬆走了，留下這麼多人為他痛苦，他根本就是魔鬼。」

「五海說，他到了一個平靜的地方，是個西方世界，在西洋神的旁邊，而他的身邊站著一個小女孩，應該是他初戀的那個女孩。」

「看來很幸福的樣子。」

「那你就該放心了。」

「真正讓我放下的是一句話，五海說康德老師要他轉告一句話，老師說：『琴弦已斷……』接著聽不清楚了，我知道他要說什麼，他說的是『情弦已斷』，也就是人死了，天人永隔，所有的一切都該斬斷，他已斬斷，為何我不斬斷呢？聽到這裡，我的痛苦彷彿都放下來了，他不再思念我們了，我們也不要再思念他。他會再回來的，我相信。」小都看著自己責起的肚子。

「琴弦已斷……」這句話多麼殘酷又多麼有力。

小孩生下來，神情樣子有幾分像康德，歌德不想知道什麼了，她偶爾來看小都與孩子，漸漸地不來了。她怕看見孩子的臉，彷彿康德再世，她不想再見他，真的不想。

除了歌德，五海與謝易、胡漣都把孩子當作大家的孩子，說好一起撫養。孩子的名字叫永，是謝易取的，永在他們的共同教育下，變得十分早慧開闊，他跟謝易學數學與棋道；跟五海到處旅遊，會講世界語；胡漣教他藝術與寫作，透過通信，並要他出國留學，跟她一起住。麵疙瘩因歌德的緣故，沒有參與永的共同撫養計劃，不過他本是個體戶，從不管他人的生活。

小都懷孕時就確信孩子是康德投胎，這種確信讓她的生命有了新的意義，她目睹與參與康德的死亡，就是要接下這任務，他們來世必作母子，其中有恩慈，也有恩愛，這也是她的最初與最後一課。

番外篇：時間畫

在草原中失去時間感，忘記此刻是民國幾年，或者你現在的歲數，這裡只有早晨、白天、夜晚，或者有風無風、有雨無雨的差別。季節因此並不分明，只有熱季與冷季，風雨來時有大樹可以躲避，寒冷時披著毛毯躲進葦蕩中，那裡總有人焢窯，或烤東西，如將一大片蘆葦踩平，扯下來便是天然的臥鋪或柴薪。以前讀過一本小說，寫一個人為躲避政治迫害，在葦蕩裡躲了好幾年，最後躺成一個問號死去，前者是可能的，後者有加工的成分，據說小說男主角躺成一個問號，向時代發出疑問，做出最大的控訴。我覺得要畫問號儘管畫，你死在葦蕩中很少被發現，不管躺出什麼姿勢。

也是失去一切之後，腦中浮現一些似乎不相關又相關的人事物，譬如說老家隔避的鐘錶店，一家人都長得矮小，像是侏儒族群的變種，我喜歡看一大堆鐘錶一起跑的畫面，神奇地都準點，對幼年的我算是魔法等級，存在一種安靜的宇宙律則。但所有的事都會背反，且事與願違，譬如那對夫妻超級愛吵架與打架，一百六十公分不到的爸爸，常拿著菜刀追殺一百四十公分不到的媽媽，像一窩老鼠一般弱小的大、中、小兒在一旁擁抱哭號，咆哮聲驚動整條鬧市大街，賣農藥的黑道大哥、賣冰箱的一百九十公分高竹竿叔叔、愛彈吉他的樂器行老闆、做衣服的文靜阿姨、賣香的老伯、賣金飾的鑲金牙的老太太全都圍過來看，我想鑽進人縫，也想湊這個熱鬧，卻怎樣都擠不進去，沮喪地坐在角落一張折疊椅，悲觀地想著我的未來都會跟一切熱鬧絕緣且黯淡無光，想得發痴時，手指被折疊椅夾到，那痛跟被菜刀砍差不多吧！血不斷滲出來，我想我會死掉，但卻沒有。

又譬如說，我的睡房後窗正對著一棟老宅，主業是什麼很神祕，副業是中國時報辦事處，掛著一個中國時報的木牌，他家老闆有一個不知是痴呆還是發瘋還是癱瘓的兒子，每天中午準時被推出來曬太陽，他似乎在低吼或狂叫，跟我只有一牆之隔，但我卻看不見他，他的瘋狂是會喚醒其他人的瘋狂的，或者我的，常常我以為他是我、我是他，因為是天天準時出現的人，也算是一種神話時間，是不死英雄那種，雖然他比我年長許多，應該早死了。

那一條街上就有許多小兒麻痺患者，街頭的小兒科醫生家的小女兒，街尾中學老師的兒子，香鋪老闆的兒子，腦袋都是棒棒的，他們很少出現在那條大街上，後來其中一個男的分別愛上妹妹與表妹，而且交往過，他們真的在一起過嗎？怎麼在一起？我常想這些事，卻無畫面產生，我們腦中可能存在一個機制，凡是溢出經驗與道德法則的事物，自動當機。那個男的後來成為醫生，並買下那間小兒科醫院，繼續當醫生，好像有種奇妙的連結與傳承。

每當與他們相對，我的腦自動斷電，眼睛只看應該看的部位，相似的他們都有滿壯的上身，似乎是某種補償與平恆，頭大臉大，智力與口才都很驚人，如果是個性文靜不愛表現，他們通常有一顆天使心，讓你與他相處的時刻散發神的光輝。

這輩子，我真的見過天使，這也算是幸福嗎？

跟我家後門相對的那家醫院，醫生是佳冬蕭宅的後人，他們家的特色是白皙修長，蕭醫生是好看斯文的老男人，從我知道他就已經很老，他有五個美麗得該殺的女兒，為了瞻仰他們的美貌，我混進候診的老弱病殘患者群中，常是等好幾次才會看到一面，那像剪紙般月白的絕美的臉，每一張都非常相似，是老大吧？還是老么？

幾乎是呼應我的渴求，老么自動跑出來見人了，她瘋了，身上的衣服至少有十種以上色彩，垂掛的塑膠袋至少三十個，臉上塗著濃妝，跳著舞喃喃自語，每看到她，我潛在的瘋狂又要被召喚出來，大約在那時，我懂得發瘋這件事，是人性的一部分，不敢面對的那部分。

後來的後來，我終於見到老大，那時她大約近三十，早衰的紅顏滿頭白髮，臉還是那剪紙般纖美，為了照顧發瘋的妹妹，她的人生完全走樣，美人走樣後有一種寒冷，我想她是被這寒冷催老的。

想像每一個家都有一個這樣的瘋子與自我犧牲的類聖者，他們怨恨且隨時訴苦，最後他們變得相像，格外相像。

麵疙瘩

麵疙瘩名字中有個「勉」，他長得非常高瘦，大家叫他「勉哥」，久而久之變成麵疙瘩。他是個孝子又是獨子，從小母親守寡，父親是公務員，因涉嫌貪汙跳河自殺，之後被排擠出老家。母親帶著兩歲的他住到河邊鴨寮，靠近父親跳河處，靠撿鴨蛋與洗衣維生，勉童年都在鴨寮度過，玩伴也只有鴨子，附近的孩童都不跟他玩，叫他「臭鴨蛋」。母親常在哭，要不對著父親跳河處發呆，她也不跟人往來，很少聽她說話，麵疙瘩五歲才講話，母親以為生了個啞巴兒子，沒錢看醫生，吃了許多江湖郎中的草藥，沒想有一天他指著湖面上的鴨子說：「阿母，鴨子飛走了，一隻，兩隻、三隻……」一講就是整句一長串，把母親驚喜得又抱又哭，驚喜過後就煩惱，這孩子一整天數數「一隻，兩隻，三隻……」有時又會倒數過來。長大一些，主人要他趕鴨子，他吆喝著整群鴨沿著河岸走，「一隻、兩隻、三隻……一百零一隻……」深怕少了一隻，數數的聲音大到全村的人都聽見。母親的命像浸在苦藥裡，而他浸在沒有人聲只有鴨叫的世界裡，他們在鴨寮關閉後，借住鴨寮主人在河邊蓋的違建，四坪大小的石棉瓦屋，沒有隔間，吃睡都在一起，勉上了中學在地上打地鋪，母親睡在房主留下來的單人鐵床，平日靠幫人洗衣打零工度日。他們的家雖不像家，麵疙瘩也擁有自己的快樂，譬如清早起來念書，出門一腳踩進泥地，他先在河邊洗腳，洗臉，然後捕田雞。這河邊的濕地最多的是肥美的田雞，一個鐘頭可捕幾十隻，把牠們串成一串，拿到市場賣，可換一些肉與菜回來，捕完田雞，他滑著竹筏捕魚，吳郭魚是平民的美食，也可換些柴米，這時才在竹筏上讀書，隨著如葉片的竹筏漂啊漂，他把課文大聲念出來，覺得他們是某種神祕的回聲。母親起床後要洗好幾個人家的衣服，等要晾曬時，他划舟回來幫忙，上百件衣服披掛起來很壯觀，他幻想著他們的家變成聯合國，萬國旗正在飄揚，晾好衣服通常快十點了，母子穿著一大一小雨鞋，遮住他們的泥腳，提著魚與田雞到市場叫賣。他們的雨鞋已成為市場的商標，大家都叫他們「雨鞋母子」，他喜歡這名稱勝過「鴨寮母子」，反正怎麼叫都是母子，母子一體的時間太長，彷彿還未分娩的胎兒，或者天生長成一根柱子讓母親依靠。勉事事都聽母親，要他好好念書，他就念到前十名；母親說當老師先生最好，最不用看人臉色，他就拚到讀師專。很早就當小學老師收入還不錯，他把賺來的錢都給母親，很快在新店買了房子脫離貧困，也許為了某種補償心理，買的房子是樓中樓，房間就有四、五間。母親每天巡房好幾次，這是她最大的樂趣。現在有了大房子，那些親戚都上門了，都誇說房子大得像皇宮，住一晚人生就值了，又說勉有出息跟他爸一樣，又是大孝子，年紀輕就買大房子發家等等。在這方面母親不記仇，也有炫耀的心理，就讓親戚來來去去，像旅館一樣，房間常是滿的，有時勉還要到客廳打地鋪。年輕的勉長得不難看，也有女生喜歡，然而母親不喜歡就沒下一步了。

勉跟人之間有道牆，他害怕人，老低著頭，跟人相對也不看人眼睛，人們常以為他是啞巴，說話也沒人聽懂，他也安靜地像面牆，跟他說事好像都沒在聽，可他是事事入心。在康德那個寫作班，他的筆記寫得最詳細，最後成為老師著作最好的底木。他喜歡來這河邊的寫作班，令他想起那個河邊的家與日子，他從未感到貧窮的苦，只記得無拘無束的逍遙自在，還有自然與內在的呼應，以及原始的魅力。他把這份原始的魅力存放在心中，一點也不自卑。在那個男多女少的寫作班，只有一個漂亮的女孩，可惜只出現兩次就不來，當歌德走進教室，她的身材不高不矮不胖不瘦只能說是無特色得恰恰好，不能說美，一點也不醜，長得像未發育好的少女，但那無畏的臉與一百分的笑容，讓他的心不斷被撕扯，第一次感到自卑。剛開始，小腦男謝易對她最是殷勤，他慌急了，謝易家世好智商高，跟歌德更是對手。然而歌德似乎都沒把其他男人放在眼裡，她與康德的關係大家都不去想也不猜測，這是這個教室最起碼的基礎，追求真理高於一切，師生關係在其後，然後是同學，其他都是次要的。

最大的轉折是康德的死，大家一起守喪，一起整理遺著，母親好客，就都住到他家來，歌德因住外地，來往不便，住最久，胡漣常來陪她，如果是一個人就不住了，女孩子在一起很有話聊，他插不進去，只有歌德折紙蓮花或抄經時，他也陪在一旁抄，勉是練過書法的，歌德喜歡他抄的經，便要了一份當底本。他們第一次的交集竟是抄經。

勉愛數數，認識人都以數字作代號，如果數字代表一個人，那麼一是自我與霸道，二是依賴與溫和，三是人氣與合作，四是智慧與教育，五是領導與權勢，六是愛心與責任，七是幸運與財運，八是享樂與自由，九是超越與無我。在他的編碼中，康德是五，胡漣是一，五海是三，謝易是九，歌德是四，而他是無法被編碼的，或者他包含所有數。他之喜歡歌德，因為他最喜歡四這個數字，因此他寫給歌德的信都是四言體，每隔四天寄一次，他希望在一百零四封信時，歌德會答應他的追求。沒想到在第二十四封信時，歌德回信給他，信很短：

不用寫了，我知道你的意思，我們見面吧！

見面時去散步，走到腿都斷了勉才告白，歌德被這可憐相惹笑了，就說不用告白了就結婚罷。勉的母親激烈反對，她對歌德本身沒什麼意見，只是一個女孩常常住男友家裡，是不是懷了孕才這麼急，或者這麼急才用懷孕套住男人？更何況在她眼中沒有一個女人配得上兒子，勉第一次反抗母親，他極力說明他們之間是清白的，而且是他先喜歡歌德，但他無法解釋歌德為何住他家，而且住這麼久，從辦喪事到整理遺著，住了快半年。因為是兒子第一次悖逆，母親更是傷心，多年的委屈爆發，這麼長期的母子相依，如今中間要硬插入一個她不喜歡的女人，於是每天躺在床上哭，不肯起身。

勉幾乎是每天跪在母親床前求她，母親不吃，他也不吃，母親不睡，他也不睡，他知道他最終會贏，因為母親會因心疼他低頭。

還有一個極力反對的是胡漣，雖然歌德從來不說，但她知道她跟康德的關係，倒不是因為這層關係，而是人看不清自己的問題，卻能看出別人的問題，歌德的愛情中同情的成分太大，她的愛是有缺損的，她對康德敬多於愛，同情也有一些，但她並不愛勉，同情的部分居多，只是把他當作絕望中的浮木；同樣的，勉是一個把被愛當作愛，從不真正愛人者，他只是想要一個老婆跟她母親一樣愛他，這世界上根本不存在這樣的人。但胡漣是個不囉嗦的人，只跟歌德分析過一次，便不再提。

更何況勉一旦固執，有股殺氣，好像要跟誰拚命似的，母親最後不得不聽他，婚事辦得很低調，在廉價的餐廳辦了五桌，娘家只來一桌，其他大都是以前欺侮他們的親戚，朋友只來了五海，胡漣持反對到底的態度缺席。

新婚夜，那棟樓中樓住滿親戚，假情假義地幫婆婆欺侮新媳婦，有的說新娘子不能坐床，有的說至少要生五個才能興旺人丁，有的就說婆婆吃的苦比大江大河還多還長，要她跟勉一樣孝順才行。

歌德坐了一夜不敢睡，新房房門大開，她坐在床邊的化妝椅上，不敢碰床，全身因悶熱與緊張濕透了，一直到親戚都睡了，婆婆入房坐在床邊對她教誨：

「女人家不要拋頭露臉，先把工作辭了。勉是個孝順孩子，我不敢期望你，你有他一半就好……」勉站在一旁傻笑，好像不干他的事。

第三天才成事，床單上有灘血，勉驚喜大叫：「媽媽，你來看！」婆婆聞風而至，還來不及穿褲子的歌德趕快躲進被子裡，母子兩人細心研究那血跡，好像是什麼稀世珍寶。一切回到原始部落，在這個房子沒人有隱私，婆婆常在半夜推門進來，歌德只有躲進廁所哭，她第一天就後悔結婚了，怎麼辦怎麼辦？

這是她的選擇，她必須為自己的選擇負責，她給自己八年，報完恩就走，這樣想心裡好過多了，婆婆雖沒念過什麼書，但她能把勉教成這樣，不是簡單的女人，因為吃太多苦，整個臉皺得像核桃，說話是男人低沉的嗓音，這是痛苦與可憐的嗓音與臉孔，不，她全身都訴說著痛苦與可憐，彷彿一張網會把靠近她的人網住。她無法不對她好，好到連她自己都覺得在演戲，陪她去運動、帶她出國旅行、看病、進補，用各種奇珍異寶討她歡心，可是每當晚上躺在床上，她的淚水流不停，管都管不住，兀自流到天亮。

她越來越恨身邊的勉，無論對他訴說什麼始終沒反應，事實上也無法改變什麼，有時她會吵著夫妻獨立，搬出去過小家庭生活，勉依然沒反應，漸漸放棄，她終於知道自己才是這個房子多出來的人，只因借宿半年，必須用一輩子償還。

番外篇：戲院

那時人們瘋迷電影，每一個城鎮都有密集且大量的戲院，連小鎮也有七八個戲院，戲院前通常有個小廣場，賣各種吃食。我家距離附近那家戲院只有二十公尺遠，大約相隔半條街，六家店鋪，分別是鐘錶店、洋裁店、銀樓、香鋪、百貨行，轉角是一家兩層樓高的旅社，鐵窗漆成淡蘋果綠，樓下賣檳榔與牛雜湯，我常到此為祖母買檳榔，她自己很少出門，中午要吃檳榔，下午吃黑白切，她的點心很特別，只吃粉腸與生腸等各種腸子，一天跑幾次腿會給一些零花，加上母親那份，比一般小孩闊一些。旅社的對面轉角是西裝訂製店，兼賣一些名牌休閒衫，那時最紅的是口袋上有企鵝刺繡的 polo 衫，一件是小戶人家一個月的伙食費，我弟中學時期在這裡買了將近一百件，這麼多錢哪裡來沒人知道。

戲院口最熱市的是賣各種烤物，烤魷魚、香腸、伯勞鳥……都是肉品，算是奢華物，孩童們買不起，只能靠彈珠臺過五關碰運氣，通常都是摃龜，花掉所有零用錢，只換來一小截香腸。那時我像賭鬼般打紅了眼，常鑽到床底下找從床縫掉下來的銅板，存錢的竹筒也掏空。戲院旁是夜市，第一家是戲院老闆家，隔著河溝是外祖父與小嬸開的美容院，晚上兼賣湯圓，我幾乎天天往這裡跑，有時晚上跟小嬸一起睡，臨窗的小床非常擁擠，有時美容師也睡這裡，也許她嫌太擠，跟男人跑了，或許是窗外那棵雞蛋花樹開得太野，讓人心也跟著野，聽說花香聞多了會中毒。戲院的另一側是租書店與同學家開的百貨行，我常背著一歲不滿的妹妹來這裡寫功課，她長得實在過分美麗，有一次看著渾身顫慄抽一口冷氣，咬了她的手指，大概太用力，哇哇大哭驚動大人們，我不敢承認自己幹的好事。

如此，整個戲院口與那條鬧市街都是我的遊戲室，但誰來見證妹妹的美麗？美貌是世界上最容易消失的東西，尤其像妹妹這樣從嬰兒時期就很美，過早的美更容易凋逝，妹妹最美的時期是八歲至十八歲，之後只是硬撐，她的內在已在腐壞。

住在戲院口，看的電影很多很亂，大多數時間是玩，覺得電影院是奇妙的空間，黑漆漆的，一大束強光打在白色布幕上，出現的「漫嘎」是幻影還是魔術，我在座位之間跑來跑去，有時跑到後臺，看跳脫衣舞的女人脫個精光披著薄紗睡袍，也到過放映室看放映師如何放映電影，所有的魔法都在那捲成圓盤的膠捲中。戲院中飄著淡淡的尿騷味，人們又在尿騷味中吃各種燒烤，融合成烤香的尿臭，戲院強暴著你的各個感官，視覺、聽覺、味覺、嗅覺、觸覺，眼耳鼻舌身意，種種顛倒恐懼夢想，從卓別林到王哥柳哥系列，歌仔戲則是孫臏下山、陳三五娘；黃梅調《梁山伯與祝英臺》是個頂點，祖母看了一次又一次。

還有神奇的是日本片也很多，大多是拿刀砍來砍去的武士片，我還記得《羅生門》中武士之妻的面紗掀起時，那盜匪驚得由躺挺身坐直，美貌令人犯罪，連我也坐直，可多年後再看這片，女角是微胖的姿色平平的歐巴桑，視覺會騙人，心也會自欺欺人；之後是洋片的天下，《真善美》、《亂世佳人》、《埃及豔后》、《賓漢》、《十誡》、《齊瓦哥醫生》、《窈窕淑女》……土洋大作戰的結果，我們大多覺得自家是醜媳婦，外國的月亮真的好大。孩童的遊戲從唱歌仔戲、黃梅調，到吊高嗓子唱「DO RE MI」、「THE RAIN IN SPAIN」，把心都唱遠了，我們那條街十之八九的孩子最後唱到外國去。

八、九歲的女孩身體住的是無性別的鬼，騎腳踏車到處冒險，涉過水深及腰的溪水差點溺斃，幸好攀住布袋蓮，或者爬山到原民同學部落家玩，還穿了公主服飾（還好不是頭目的），要不窩在租書店裡看小說看到被抓回家，玩到瘋野不知自己是誰，是人或鬼，一直到被碰觸時，才發現自己下面有個縫隙，那是作為女人的標誌，而這種認識通常夾雜著痛楚、屈辱、鄙棄、隔離。

我有四個祖母，她們分別是大祖母、小祖母；阿嬤與小嬤，現在她們都已過世，我通稱她們為祖母，因為沒什麼分別了。祖母聽說對祖父一見鍾情，正當紅的藝旦，愛上有婦之夫，當了他的小妾，進門那天被潑糞，燒水時被人用整鍋開水燙傷，逃跑時無家可歸被找回來，沒有兒女撐腰最後被打入冷宮，從此跟當下女沒兩樣，年節時做完整桌菜只能躲在房裡。聽說她總帶著我出去遊玩，然而我從無記憶，只記得她的憎恨與排斥。只因為過早地失去童貞，童貞於藝旦是莫大的財富，她卻把她的童真換來種種屈辱、欺凌，她積壓的恨足以殺人。

這是我被祖母鄙棄與隔離的原因吧？她把她所承受作為女性的痛楚、屈辱、鄙棄、隔離全部加諸我身上，在那個點，我被弄死了，跟死了差不多。

什麼是死了的狀態，就是不說話，許多人沒聽過我說話，整個人黑黑的被烏雲罩住五雷劈過，臉孔糾成一團，那不是死者的狀態嗎？然死者已獲解脫，我卻要忍受無盡的恐慌，寧願一個人，害怕人多的地方，連妹妹都瞧不起我，說我像「縮成一團死去的蟬殼」，誰說童年是純真無憂的，我常處在憂懼如焚的狀態。許多人說十八歲前後的我是兩個人，大一還是嬰兒肥、閉鎖的狀態；大一下到大二上那半年，如同狐仙般，由鬼變成人，而且是有點漂亮的女孩，當我走出蟬殼，發現我不黑，不醜，有著父親的清秀五官，並開始寫作。書寫讓我變好，且表達暢通無阻。

整個青春期，沒喜歡過男子，唯一被遞情書是小學最被排擠長得像黑猩猩的男孩，我覺得他在開玩笑，原來蟬殼只有黑猩猩能搭配，這也是種覺悟嗎？可惜他沒升學，當電纜工，在遞情書不久就被電死。黑猩猩唯一好看的時候是打棒球，那時我瘋迷少棒，只要站在壘包穿棒球衣，不管長怎樣都覺得帥，看男生大約是以運動選手之原型出發，他們運動時較好看，不動時是多毛的動物，而且常沒藏好毛，不是鼻毛伸出鼻頭，就是腋毛張牙舞爪的，還有腿毛像葡萄藤蔓，有的還故意露出胸毛肚毛，或許男子都是黑猩猩的延伸物，跟優美完全相反，我不美卻愛美入痴。

我會為看勿忘我花上的朝露，拿著最愛的詩集，在天未亮時趕到它面前，想為它唱歌或寫詩；我會去看夕陽看細雨，看落花成陣與清溪明月，在書頁中夾著紅葉，只有這個時刻，感到一絲寧靜的喜悅。

我想變得美麗與被愛，只因十八歲時看見白。白比我大幾歲，他的家也在戲院口，如果不是鍾，可能永遠看不見白，早在我還是中學生時，鍾跟我都是通車生，清晨五點多就要趕第一班車，那時白住更遠的那條街，還不認識。鍾緊跟在我後面，或者更早，小學騎車帶著琴譜到阿姨家學琴，一個男孩暗戀著載著紅色琴譜的女孩，那是另一種蘿莉塔嗎？我能了解這樣的感情，迷戀之為物，都是單向的，因此它自己來回穿梭，自成一團糾結，如果我們早點相識，也許會打開單向的死結，然而那時我正值厭男時期。

大一寒假，不知為何到鍾家，鍾有一群哥兒們，照說他家是閩式長屋，室內陰暗，才踏入那個空間，還沒看清楚誰是誰，長什麼樣子，我就被炸彈炸到，其威力更勝廣島那一顆，終其一生都在愛的傷害中。

愛慕在你意識之前啟動，至死不休。至今我還清晰記得那天的光線，白穿的衣服，高中制服之改造，卡其軍訓上衣下搭米色牛仔褲，是再世狡童，來撩亂人心。他長得不像一般男孩，或者他是非男人因而存在著危險，越危險越迷人。

白更喜歡的也許是我妹妹，她是更美的蘿莉塔，早在我還沒看見白時，他就常邀我妹到他家，他的情感生活如此豐富，以致他雖知道我，我們相隔半條街，他看不見我，始終看不見，到死都沒看見。

白對我的意義是發現，愛早在你發現之前已產生，那通常是不可能的愛，比亂倫還不可能，那是屬靈的平行世界，你進入一種白色的昏迷，如同天啟，被掀起宗教式的熱狂，沒有交集，你看得見他，他看不見你，所謂愛的剎那被寫濫了，但丁式的或維特式都已充分說明，我以為《齊瓦哥醫生》最接近我的感覺，我將它轉成詩句抄進彼時的日記：

直到鬢髮結冰
還在探索狂熱的本質
你已忘記曾經走進影片中
那個拿著手槍的小女孩
殺了姦汙她的老男人

她美得接近死亡
你為她的不知道而顫慄
連臉也沒看清就被判無期徒刑

她更像另一部電影
比希區考克還恐怖
種種逃走、抵抗、受死等情事
群鳥將至世界皆墨
只能看著彼此被啄去眼睛

而你只能給她一片黃水仙花海
還有死亡與詩集
在心跳停止之後
繼續言語

齊瓦哥醫生哪

你已走出你的影片
娜塔夏還留在那部綜藝七彩中
為留住那閃電
讓自己成為陰影的一部分

所有的初次腦啡噴發，都會導向悲劇與錯誤，它的威力太強大，你因此分化，變成另一個人，以致常處於無人理解的孤獨與痛苦，它通常是單向的，兩個同時發生的機率不太多，大多是一前一後，因為有人發動得快，有人要熱機很久。總之一個人的電影從此自動播放，大多數是破碎、不堪、訛亂的畫面。我常發動得過快，越快錯誤越多，以致故障當機。

真正的愛並不需要過多的腦啡，而是兩人都有認識彼此的渴望，個性與愛好契合，如能無話不說，性愛美滿那是更好了，然當我還是一個蟬殼，而且是有點痴肥的蟬殼，那真是整組悲劇壞了了。這輩子我只擁有這種自燃的愛情，那孤獨痛苦到想自殺的愛，只能說是瘋狂的一種。這種巨大能量是某種腦的失誤嗎？聽說腦的圖形與宇宙相似，那麼屬於初戀的那個星球應該是巨大的恆星，它是岩漿淌流而呈赭紅色，沒有生物，但充滿有機質，生命還來不及開始就結束，紅土地上是連綿無盡的火山，這山噴完那山噴，或許一起噴發，然後整個星球飄著如鵝毛雪般的火山灰。是誰掌控那星球，那只有岩漿與火山灰之處，是誰開啟了那奇妙的一瞬間？

如果能夠重來，我應該冷靜一些，找機會說幾句話，先學習做個普通朋友。但我太害怕了，害怕去愛，我們都害怕去愛，他感覺到我的害怕因而害怕，總之，我們從未面對面好好說過一句話，都是隔得很遠，一大群哥兒們一起玩。

我記得的畫面是，他騎腳踏車經過我家，我在客廳等候整個白天，他戴著鴨舌帽，頭低低的，不快不慢經過。比起其他男孩他算是好看一些，大約是女孩與男孩的童顏之融合，整個人潔白而乾淨，許多GAY長這樣，天生愛美與懂得打扮。好像在那個我還很朦朧的夏天，正發高燒感冒，他似乎停車在門口，進來說了一句類似「你妹在嗎？」這樣的話，許是發高燒之後的幻覺說不定；還有一次，二十歲生日舞會，他提前到，在客廳坐了一下就走了，舞會開始之後，一直等他邀舞，但都沒有。

鍾終於鼓起勇氣追求，我佩服那些勇敢追求的人，接受他是懷著壞心眼，為了可以常常看見白，因而利用了鍾。他是個標準的運動選手，毛多的動物，他發揮可怕的運動細胞，騎摩托車載我環島一周，爬能高越嶺橫越中部山區，然後是阿里山、大武山、月世界，原來雄性激素是可以攀越百岳，跨過海洋，如傑森般駕著亞歌號飄洋渡海，只為尋找金羊毛；巨大的膂力把我操瘦了，也變美了，美那麼久一點用處也沒有，我常穿著精心搭配的衣服在那條大街像走秀般，盼望能有巧遇什麼的，然而一直沒有，沒有人，也沒有愛，等白等到人壞掉，決心不等了，我們都超過二十五歲，七年了只製造了許多誤會與錯待。當我決心不等了，自然也就不再見鍾。

不見鍾，鍾常到我家為我妹補習，最後鍾也不等了，他終於知道我有點壞。

白與鍾都出國，在那個年代，出國是第一大出路，出國前，白又把妹妹找去，說想見她一面，為何那時他不表白，或者追求呢？我能理解他也很害怕去愛，然而什麼時候才不害怕呢？

他一直沒交女朋友，有一度以為他是GAY，至少在他三十幾歲之前，沒聽說有過女朋友。

五海

五海小時候漂亮得像洋娃娃，又是么子，得到的愛是加倍的，每當被帶出去，許多人搶著抱，說眼睛深深會電人，金褐色頭毛捲捲，皮膚白得嚇人，都說：「是混血兒吧？白雪雪像壁虎。」五海從小懷疑自己的身世，以為自己是抱來的。後來他做臺灣族群研究，還去驗DNA，檢驗結果有百分之五阿里安人，百分之十亞美尼亞人，百分之八十五漢人，也就是說他的祖先有西方人，不是荷蘭就是西班牙、葡萄牙人。為此他曾走訪這些國家，荷蘭人高得像竹竿，身高一百六十八公分的五海在他們之中像小矮人，不會是荷蘭，那是西班牙人嗎？西班牙人個子較小，也有黑眼珠黑頭髮的，他們是正統的拉丁人，使用拉丁文已數千年之久，因此只愛說本國語言，外文能力差，長相陰鬱一些，就這點來說，鄰國的葡萄牙人可愛得多，他們胸懷四海，能說多國語言，又保持自己的傳統特色，那裡的高山多土地貧瘠，男人大多出海出外討生活，身穿黑衣的女人留在家裡挑起家務，街上許多人唱著民謠華多，歌聲悲淒，歌詞多是：「我在黃昏的海邊等候，心愛的人你何時回來？……」「記得當時的相遇，愛的誓言還在耳邊，如今你在何方？……」四海聽著親切，多麼像臺灣民謠，真是有什麼樣的土地就有什麼樣的歌謠，臺灣悲情，葡萄牙苦情，但都一樣摧人心肝，這時抖音、喉音就很重要，連女人唱歌都很低沉，啞著嗓很顫抖。

那一定是葡萄牙了，他對這塊土地有著特殊的感覺，前世的記憶不湧現，他不敢確定是不是，從小他就能看見一些奇怪的東西，但他一直壓抑著這些，他害怕那些靈媒，有幾次家人帶他去算命，見過一些乩童或靈媒，他們不是破相、瞎眼就是小兒麻痺。有一次去廟旁的靈媒家，客廳陰森森，椅子上坐著四個小兒麻痺者，有一個還雙腿麻痺，兩條腿都是鋼圈，他們看到五海那驟時燦亮的眼睛好像看到同類，他嚇得飛奔出來。通靈者是某種殘障者，他強烈排斥那些陰暗的東西，他天生的愛笑愛取悅人，是極端的樂觀主義者，他要克制那些歪斜的東西，因此在二十歲前他從不說，也不去想自己看到的東西。

九歲時發高燒，嘔吐，昏迷，體溫一直降不下來，那時臺灣正流行小兒麻痺症，醫療又不發達，五海父母焦急萬分四處求醫，還好不是那小兒的絕症，燒退之後一直大病小病不斷，十七歲確診為「僵直性脊椎炎」，這是自體免疫系統的疾病，其症狀為長期脊椎疼痛和僵硬，旁側臀部和大腿後部關節痛，伴隨水腫與骨髓的損傷，導致骨髓的骨質化，直至變成竹節樣脊柱變形。剛發病時最是凶猛，無法起床，越躺越嚴重。因長期疼痛，免疫細胞攻打自己，連吃飯穿衣都沒有力氣，因這種無藥醫的絕症，沒上過體育課，只能羨慕同學能跑跑跳跳。少年時期的孤獨與蒼白他是吃透了，容貌也變醜，照說不應如此嚴重，這種病要多運動才好，只要度過起床時最痛的一兩小時，筋骨活動後跟正常人沒兩樣。然而那時大家對這種病了解太少，都要他多躺不要動，結果越躺越嚴重，四處討來的偏方很可怕，喝整桶的椰子油，一整塊豬吃的豆餅，神農嘗百草，結果是變胖毀容，臉就像蠟像，非偉人或偶像，而是鐘樓怪人屬。前五年最可怕，他怕看見自己，更怕看見跟他一樣有病的人，後來發現做瑜伽與洗SPA有緩效，漸漸地接受，一旦接受且不急著治療，事實上也是沒有真正的療法，「放棄找回健康」這想法最難，如不放棄就會留下血跡斑斑的奮鬥痕跡，面容變得更猙獰，一旦放棄，身心反而輕鬆，你可以較優雅地病著，且輕鬆地與靈界對話，他從中學會不對抗是最好的對抗。

他最常看到的是穿白衣的現代女人與穿古裝的男人，白衣女人的主臺詞是：「我好生氣。」古裝男人的重點是：「好急喔，不知往哪裡去？」有時穿插一個不知什麼年代的少年，背著弓箭作牧羊人裝扮，不說話，只笑。

他用旅行來放鬆自己，在異地的床醒來，痛楚是另一種清醒，也是一種肉身的反動，荒謬感讓痛成為自然，然而他還是無法接受自己是通靈者。

一直到他念建築系時失戀，藉著尋根到葡萄牙遇見邦尼，葡萄牙下午很漫長，八九點才天黑，他通常拿一本書，在里斯本的露天咖啡廳坐一下午，牧羊少年在這裡幾乎天天出現，有時是從大街中向他走來，古代的服裝混在時髦的現代人中顯得突兀，他在向五海揮手；有時看著櫥窗露出驚訝的表情，他最喜歡坐那列沿著山坡爬行的紅色電車，每當五海要下車，他都會扯住他的衣服說：「再坐一次嘛！」最多時就這麼來來回回坐了六次。每當五海在露天咖啡座才坐下來，通常會跟鄰座的人聊起來，這裡的人熱情見聞廣博，常有一些奇思異想，譬如有一個作國貿的葡萄牙人就說葡萄牙文受日文影響，日文謝謝叫阿里阿多，葡萄牙文叫阿里卡多之類的，怎麼說都會通向四海一家的觀念，他喜歡他們陽光且寬闊的思想。

當他在里斯本大街咖啡座上，讀佩索亞的《惶然錄》更有感悟，作者常寫到哭，他也常讀到哭，失戀的痛苦在異地爆發：

我們就是我們不是的東西，生命短暫而悲涼，暗夜之聲是一種夜禱之聲，而有多少人能聽到他們長久的希望，破滅在黑暗洶湧泡沫的重擊之下，那些失敗者是怎樣地流著眼淚，在我散步海邊的時候，這一切像夜的奧祕，和地獄的喃喃私語一樣向我湧來，我們這麼多人，這麼多冒牌的自我，在我們生命的暗夜，沿著我們僅能感覺到的情愛之海岸，卻不知大海早已在我們心中激盪。

我們都是冒牌的自我，我們是我們不是的東西，他深切感受且同意這兩句，人不只是他自己，那些連自己都不知道的東西才是自己。

「嗨！我叫邦尼。」這時邦尼跟他說嗨，無視於他想孤獨與流淚，他坐在隔座正用筷子吃雞塊，跟他聊天的是兩個西方女孩。五海不理會他，剛偷偷擦去眼淚，他就坐到對面來，拿著一本可以拉開的三角型書籍：

「你知道這是一本什麼樣的書嗎？」

「我該知道嗎？」

「我注意你很久了，你身邊有個牧羊少年一直跟著你。」五海嚇得差點從椅子摔下來。

「你真的看見？你是靈媒嗎？」

「那只是我的小小技能之一，我能做的事很多，譬如說這本詩集，為什麼要做成三角形，誰說書一定要是四方形？……」

「能告訴我那牧羊少年是誰，他有什麼話要對我說？」

「那是前前世你最熟悉的人。」

「在這裡？」

「在山上，這裡的山很美，可以看見冰藍色的大西洋，那是西方最西之處，你沒去過吧？應該去。」

「爬山太累了，我只在里斯本附近晃晃。」他的身體不容許他爬山，他從未爬過山。

「我有車，帶你去，那邊那兩個女孩也是剛認識，她們想去山上。」

「你是旅行社的，謝了！」

「嘿，我是流浪詩人，很愛交朋友，免費的，我剛好要上山，一起玩吧。」

五海在里斯本待好幾天有點膩了，就半推半就坐上邦尼的大旅行車，邦尼每到休息處就跟人搭訕，又載新的人上來，一直到座位坐滿，雖是陌生人，大家海闊天空地聊，很少人講自己，來自英國的男教師談道家思想，黑皮膚的女孩談巴里島舞蹈，五海翻那本三角形的詩集，裡面的文字很奇怪，沒見過的文字。五海坐在前座，一路上跟邦尼聊：

「邦尼，這是哪國文字？」

「世界語，你沒聽過嗎？我車上放的歌也是世界語的專輯，你太落伍了吧？」

「唱些什麼？」

「……宇宙是我們的身軀，我們用星星的語言對話……」邦尼一面哼一面翻譯。

「你是傳福音的吧？這才是你主要的工作。」

「也是，不過我也是開業的醫生喔！我是巴西人，十八歲來這裡讀醫科，剛到時語言不通，也沒有親友，非常寂寞，後來遇到這個推行世界人與世界語的團體，這個團體在歐洲已有一百年以上的歷史，他們發明一種融合幾大語系的語言文字，易學易懂，可以讓不同國家的人做朋友談事情，我們那裡簡直是地下聯合國呢！」

「像你這樣到處傳福音的很多嗎？」

「每個人學了世界語就會改變，每個人做的方式都不一樣，像我剛離婚，假日沒事做，就開車認識朋友到處玩。」

「哦。」五海心想著，旅程的結束應該是募款了。

車子到了山頂已是黑夜，在盛夏溫度只十度左右，還下著小雨，大家冷得四處躲，邦尼拿來一張軍毯，大家包在軍毯裡頭，幾乎是緊挨在一起取暖，從軍毯中看到的大西洋，在黑夜中的海象是藍色火焰調酒中還滾動著冰塊，刀光四射，只有夢境才有的景象，這就是世界最西的西方世界了，是天之涯海之角。五海的身心都在顫抖，黑皮膚女孩說今天是她生日，邦尼說：

「那裡有戶人家，你們看我去發現奇蹟。」在荒涼的山頂只有一戶人家，邦尼往那裡走去，敲門要了一些東西，當他回到軍毯中，點亮小蠟燭，照著大家的臉，他拿出一個小蛋糕，把蠟燭插在上面，各種語言的生日歌不約而同合唱，邦尼唱的是世界語，一堆陌生人一起在軍毯中過生日，五海的臉有雨水與淚水齊流，他想著邦尼說的話：

「那就是你前前世住的地方，是你的家。」邦尼剛到時就對五海說。

「那牧羊少年是？」

「是你。」

「靈媒能看見前世的自己？」

「大多能，像我前世是個西班牙修士。」

「為什麼是特定的某世。」

「因為某種至深的愛。」

邦尼的車子一一把大家送回，大家在深夜的街道旁擁抱告別，沒有募款，只有各自留下的地址，大家都知道不會再聯絡，還是互相留下地址。

回臺灣，他將自己改名為「五海」作為新的開始，世界有四海，還有一個看不見的海洋，他對寫作產生興趣，也開始確認自己靈媒的身分。

在康德老師的寫作班中，五海最勤於跟大家聯繫，他跟小腦男謝易住在隔壁，兩人卻志不同道不合，算是各自開工作室，五海看的是前生今世，與鬼魂溝通；而謝易是儒家信徒，「敬鬼神而遠之」，他們的共通點是六親無緣，感情坎坷。謝易偷偷喜歡過歌德，可以一起聊歌德；五海偷偷喜歡胡漣，可以一起聊胡漣，但都沒勇氣追求，因每愛每敗。小腦男到大陸找老婆，結婚一年就離婚，他常說：「反正我是個薄情的人，結什麼婚！」五海卻是多情的人，找的對象不是大他二十歲，要不小到未成年，有些是已婚女子，要不外國人或混血兒，每次的戀情都很瘋狂也很短暫，失戀時病情更加嚴重，痛到爬著走路，女人通常是來問前世今生因而認識。有個臺菲日混血麻豆婷娜，才十九歲，美得根本不像人類，有點像《航海王》中的娜美，身高一七三體重五十三，D奶纖腰肥臀，五海迷戀著她的外表與肉體，然而婷娜嫌棄五海的外表，更嫌棄他的病。五海帶女人回來從不留宿，對婷娜是例外，然而每當晨起，五海變得僵硬疼痛無法起床，婷娜連嫌棄的表情都不掩飾，馬上起身去洗澡更衣。五海在愛情上忍受這種屈辱已經習慣了，因此他出手很闊，給女人買汽車買鑽石，謝易就笑他：「你應該叫六海，在愛情上很海。」他們挖苦彼此，那時的他們還沒住在隔壁。

五海得空就開著車子亂晃，想重新體驗陌生人之愛，只是在臺灣常會變荒謬劇，一般人會以為他做直銷或者詐騙集團，要嘛精神有問題，通常不久就藉故下車，比較好的以為他是某種奇異教派，一直強調自己是無神論者或佛教徒；碰到無聊或話多的，完全沒有說話的空間，還時不時要當心理諮商師；如果碰到女人，那就會變一夜情，較好的是「偶像劇」，通常十幾集，最多三十集演完，而他不是男一男二，而是小配角或甘草人物或替身。

婷娜是在夜店載回來的，那天她喝得爛醉，許多男人圍著她，現代白衣女又出現了，她一直頓腳說：「氣死了，氣死了！」自從他做靈媒，那些「好朋友」幾乎不再出現，牧羊少年大概已回到自己的那座山。鬼魂很容易妥協，只要指一條路讓他們走，多半就走了，它們無路可走才會出現。相較之下，活人麻煩多了，五海怕婷娜被撿屍，把她拉上車，她一面尖叫一面掙扎：

「我要跟那個帥哥走，你好醜，滾開！你也不是什麼好東西。」

「你幾歲？未成年吧？我不會對你怎樣的。」

「法克，我十九，就快二十了，大叔，你五十了吧？想上我？我可是很貴的。」

「三十九，可以當你老爸了。你住哪，我送你回去。」

「隨便！」說完就在車上大吐，五海沒辦法背人，還得叫人幫忙，把她抬回家，就這樣一而再再而三，數不清多少次，五海總是能找到婷娜，一直到有一天婷娜找到他的工作室，那時他在趕一個案子，沒空理她，她自己參觀一直點頭，好像她自己的房子，也不吵人，在一旁翻雜誌，倒是乖覺，等忙一個段落，五海做了一些簡單的餐點，番茄肉醬義大利麵，還有一大盆沙拉，就在開放式廚房中島上吃，婷娜邊吃邊誇讚：

「沒想到你這麼會煮，這是我吃過最好吃的番茄義大利麵，以前我不吃這種口味，小孩才吃這個！」

「也沒什麼，食材頂級且原味，越簡單越好吃。番茄醬是用八顆牛番茄熬出來的，肉呢，五分豬肉五分牛肉，橄欖油與蒜，很簡單。肉醬我都做一鍋冰起來，要吃下個麵就行。」

「我對做菜沒興趣，聽說你會看前世今生，幫我看看如何？」

「你不用看，兩句話就講完。前世是公主，今生是公主病。」

「我就覺得我怎麼看就是公主，是滿清格格，還是歐洲公主？」

「重點不是公主，而是病，你聽不出來？」

「你嘴也太毒，我要走囉！」

「走罷！」五海真的沒把她的意思，站起來緩慢地九十度轉身洗鍋子，他在人前很少作轉身動作，覺得像殭屍。

洗好鍋子與碗，又九十度轉身，發現婷娜沒走，還盤坐在客廳軟墊上，五海去洗澡更衣，她還在。漏夜趕工，她趴在軟墊上睡著了，給她蓋上薄被，五海躺上床時天都亮了。醒來時陽光滿屋，在炙白光中婷娜一絲不掛地站在他床前，天，她的身體比希臘雕像還美，微透明的肌膚像是快吹爆的白氣球，而且馬上要飄走。

「不要誘惑老爹。」

「我就喜歡老爹。」婷娜鑽進他的被中，他無法抗拒也無法預料，或者他早就預料卻一直抗拒，但現在這都不重要了。

兩人一直睡到又一個晚上，因為平躺太久，他痛到無法動，他用卑微且痛苦的眼光看著婷娜，希望她拉他一把，婷娜露出嫌棄的表情，之後那表情常掛在她臉上，連做愛也是。婷娜酒喝得越來越瘋，夜店一家換過一家，幾乎是每個晚上，五海把喝得爛醉的她帶回家，最後一次將她清洗過，讓她睡在床上等她清醒，婷娜起床，知道五海一晚沒睡，待在書房工作，聽她梳洗完畢，一杯牛奶擺在客廳桌上，她知道他有話對她說：

「我是不是帶給你很大的壓力。或者說你一點都不喜歡我，甚至有點討厭？不要拐彎抹角，我喜歡聽大白話。」

「剛開始是，覺得你那套陌生人之愛很討厭很虛偽，越了解你越被你的內在吸引，我想愛你，但是……」

「夠了。」

「對不起，我……」

「你走吧！我不會再找你了。」多情的五海一旦放下感情就變得很冷，那時的他側臉變成銀白色，就像虛線勾勒出來的。

有很長一段時間，五海不再開車出來亂晃，認識陌生人，大約隔了一年，有個週末開車出來在路上遇到謝易，那時他剛離婚，兩個人一路聊，車開到杉林溪，住了兩夜，話還是聊不完，送謝易回家時，他說：

「我知道你想做的事，我是故意等在那裡讓你遇上的。」

「為什麼臺灣跟葡萄牙這麼像，卻不能接受世界語？或者相信陌生人之愛。」

「這兩個問題要分開講，世界語因為它是歐文體系，拼音文字，白人中心，貶抑女性，不能兼包多元文化，跟使用象形文字的臺灣人最不搭。至於四海一家的理想太高了，周公、孔子都不能實現，現代人更難。但這個理想沒錯，理想越高越值得百世追求，跟真理一樣。」

「理想不能被實踐就是空的，乾脆跟你學卜卦，東西方都愛這套玩意。」

「什麼愛不愛的，像我們這種人沒有殘廢破相，就是妻離子散，談什麼愛，我是無情的人，而你太多情，這是你在跟自己過不去。」

謝易正在找工作室，五海隔壁剛好要出租就搬來，他捨不得花裝潢費，弄得像算命館，五海看不過去，替他布置成禪風，搬了一些中國傢俱與日本茶具作擺飾，看來簡樸明亮。現在五海設計的建築事務所，除了接案，偶爾當靈媒，行內說的幫人與鬼「處理事情」，那通常是人鬼無法溝通的愛恨情仇；而謝易則幫人卜卦算命與賽棋。五海的住處重新裝修以木造為主，像漢宮室，或者陵墓，有竹簾布幔，矮矮的大木床，上面可坐十人，客廳皆是可以移動的大型軟墊，可組成沙發，顏色一律是白，因是胚布，越洗越耐看。五海說，我們住隔壁合作很搭，你這叫「陽間」，我的是「陰間」。

番外篇：曇花開的晚上

在鄉下許多人相信夜晚對著盛開的曇花，將擁有出塵的美貌，曇花是月娘的化身，亦是美之神。為此每當曇花開的晚上，姊妹們都不睡，只為等待曇花盛開，小孩通常撐不到盛開的午夜時分，我常常是睡著了，睡醒後妹妹在我枕邊放著一朵已然凋萎的殘花，像破布袋一般的花朵，還剩一點芳香，我將它泡進熱水中當剩餘的美服下。

我始終沒有一次等到花開，聽妹妹說，曇花盛開時比人臉還大，時空都靜止，花瓣微微放光，當一百朵曇花一起開放，如一百盞探照燈一起照射，亮得人睜不開眼睛，許多人會因此昏睡，然而妹妹始終沒有，許是這樣，年幼的妹妹走到哪裡都會驚動人，因著如曇花般的美。

這區別著她與我的巨大差別，她是舞臺上的明星，我只能當舞臺下的小粉絲。她五歲學芭蕾，六歲學鋼琴，每當發表會時，她穿著紗紗的禮服或舞衣，梳著髮髻或公主頭，露出那完美無瑕的額頭與臉龐，我在座位上，在黑暗中因她的美而顫慄，我為自己感到害怕，難道只有我如此激動，如果不是，那在場的千百人是否跟我一樣眼中泛淚；也為妹妹感到害怕，連看的人都難以自已，她能承受得了這樣巨大的美嗎？也許人們覺得我誇大她的美，然而如果你見過一百朵曇花盛放，那奇異的巨大能量與磁場，你就會相信我。

她沒錯過任何一次曇花季，年幼的她，可以抗拒睡神襲擊，撐到午夜，聽說花開的時間非常短，然後漸漸凋萎，那個場面很詭異，小小的院子擠著十幾張椅子，大多數人退場，少數人等到睡著。月光越晚越亮，黑暗的天井像有水淹，曇花像海底生物，如有刺的河豚或發亮的烏賊，彷彿會動，只有年幼的妹妹醒著，不願錯過任何一刻。花每時每刻都不同，張著鬚角泳動，盛開那一瞬如白孔雀開屏，全身抖動放光，呈滿月形開放，然後圓形漸次縮小，直至閉合，像撐開過度的降落傘，洩氣般鬆垮落地。妹妹等到花凋盡了，才剪下兩朵，一朵放在她枕邊，一朵留給我。

妹妹天生是舞臺上的明星，如在現在就應該是童星然後變巨星，她身上那閃閃發亮的星粒子是如此多，如果我是星探，一定會簽下她，將她栽培成巨星。母親大概感受到了，大把大把的錢灑在她身上，跟明星培養計劃差不多。

那時的妹妹心高氣傲，很少人她瞧得上眼，在孩子中是女王，有一次她帶著同伴打籃球，校長與老師們正在練球，妹妹霸氣地指著校長說：

「這是學生的球場，你們有自己的球場，幹麼搶我們的？」

「你那什麼態度？你那什麼態度？×××。」校長氣瘋了，他當然知道妹妹。

「校長就可以搶學生的球場嗎？」妹妹一點都不肯退讓。

「老師現在要打，學生跟老師搶球場，想死啊！」才說完，妹妹撿了一塊石頭丟中校長的頭。

隔天家裡接到通知，要家長到學校面談，母親盛裝赴會，臉上堆滿笑容向校長道歉說我這孩子眼中無人，驕傲得過分，太不應該要罰要罰，內心卻在偷笑。

妹妹讀了南部最好的女中，母親為了她，讓她租房子與同學住，就怕通車累壞她。她跟我們文組的血統不同，數理好，選了理組，目標醫學院。

妹妹不愛讀文學書，她只愛音樂與舞蹈，練琴到高三，她陷入掙扎，想讀音樂系還是醫科，很難選擇。

如果生命能重來，她去讀音樂系，也許一切將不同，她會一直在舞臺上發光發亮，如果琴藝無法贏人，也可靠美貌當個音樂明星，跨到影視圈，當瓊瑤片女主角綽綽有餘。我在傳播公司時期，見過許多明星，本人漂亮的並不多。

她那時的樣子有點像胡慧中，那被稱為才氣美女的明星，我覺得妹妹不輸她。如果妹妹當了明星，以她的氣勢，也許會成巨星，但是真正的美女，對自己的美貌反而淡漠，甚且抵抗著它，她們常常希望另外的自己被發現，或者乾脆躲起來，妹妹是屬於這種。

高二、高三，面臨要讀音樂系或醫學系的選擇，她的鋼琴老師可能沒有強力支持，她被父母的期望牽著走，他們希望子女讀醫科，逼不了姊姊，就逼妹妹，我的成績不夠格因此被放棄。那時弟弟還沒變壞，老家正在改建，那歷史久遠的曇花被滅跡了，連看最後一次開花都來不及，妹妹的美之神消失，那棟老宅院塞滿太多痛苦，這樣匆忙地消滅，忘了那座小花園曾有的光輝，或許藏有著圓滿之神。當新家變成大樓，我們迎接新的時代，在現代化的設備中，以為會有更好的日子要來，相反的是衰敗的起點，弟弟在那時開始變成幫派老大。

妹妹因花太多時間猶豫，在放棄音樂系之後，她更瘋狂練琴，以致大學沒考好，只上一家私大，她毅然決定到臺北補習重考。那一年我們住在一起，因著落魄相依為命，假日一起逛大街，卻沒花一毛錢，不敢向家裡要錢，我打工常沒拿到薪水，那麼辛苦的日子如何度過實在想不起來，只記得姊妹的深情足以抵擋一切。

隔年重考，妹妹信心滿滿，一出考場，微笑著說：「醫學院應沒問題。」不知哪裡出了差錯，差了十幾分上了不錯的大學，卻不是醫科，這給她重大的打擊。母親順勢要求她讀警官大學，她輕易地考上，前途如此陡轉，那是自我放棄之後的選擇，那時，家境不佳成績好的人才讀警官，妹妹在其中相當突兀。這之後她再也不進表演廳或音樂會，那令人心酸落淚，充滿掌聲與魔力的場所，從此與她絕緣。唯一的殘存紀念是舞衣，那釘有亮片或珠珠的紗服，在衣櫃中藏著至少有一半，與警官制服並峙，那是槍與玫瑰，或者是夢想與現實的對決呢？

妹妹應該佩有自己的槍，卻從未使用過，我也沒見過，從未發射過一顆子彈的槍應該十分冰冷，如同她的心。

曇花被拔除的那一刻是否噴出白色的眼淚，成千上百的白鯨游進我家，最後游回海裡，妹妹騎在鯨魚上壯烈悲涼的離去身姿，我沒能看見，但願能夠看見。

一根電線桿

麵疙瘩四天一封信持續了半年，真見面時他整個人龜縮，體積變小，顯得可憐兮兮，有一次散步至電線桿下，幾乎是歌德主動兩人在街燈下相吻，麵疙瘩正想告白，歌德說：

「不用談戀愛，就結婚吧！」

「蛤？」

「太快嗎？我覺得你的信已不斷重複字句，你不覺得累？」

「這是我的初戀，不是才剛開始寫信……」

「照你的速度，恐怕十年還在寫信。」

「也是。但我喜歡寫信，寫信是一件很美的事。」

寫信是很美但經過這麼多事，用婚姻來固定自己也許也是辦法，歌德嫁給麵疙瘩男人，因為他們都是零餘之人，而他救過她，也算有恩，康德要她追求恩愛，恩與愛很難同在，如果沒有愛，那麼就先有恩吧。麵疙瘩長得太怪，歌德算是他的第一個女人，當歌德帶麵疙瘩給父母看時，母親背後對她說：「天哪，他真醜，醜人多作怪你不知道嗎？」歌德心想母親如果見到康德會說什麼。母親嘆了好大一口氣說：「罷了，你都三十好幾了，我真怕你單身一輩子，如果你一直一個人，我死都不瞑目。」歌德想如果母親反對就不結了，沒想她最終沒反對。

麵疙瘩是個輕度自閉症患者，他生活規律，最怕改變，緊張的時候就數數或一直走路繞圈子，有關他的怪事多到記不了。大約是在某些朋友們械鬥場面，在寢室都亮出凶器濺血了，一群人殺成一團，他幽幽醒來，依時做他的晨起早操，他就是個偶人，住在玻璃罩裡。

有好幾次歌德試圖向麵疙瘩訴說她和康德之事，說到淚流滿面，麵疙瘩彷彿沒聽見似的，冷冷地說：「以前啊！我認識一個女的，她已婚有小孩，有一次打電話到她家，她丈夫接的，問我是誰，我沉默了很久，把電話掛了，你說這樣會不會讓人起疑心？」歌德嫁給麵疙瘩，以為他是最無害的聆聽者，或許像樹洞一般安全，沒想到他是個破瓦罐，你倒給他什麼全漏掉了，他倒自己擊缶而歌。

自閉症者很難喜歡一個人，也很難不喜歡一個人，然他們表達感情的方式幾近無情，譬如對他人，乃至妻子的痛苦與眼淚無感，自己擁有的東西絕不拿出來，跟守財奴不同，他對會給錢的會越來越大方，他最喜歡的地方就是自己的家，外面對他們都是陌生人與陌生地的所在，他們過一種小範圍圈地式生活，規律得像嚴刑峻法，且永不改變。歌德與他認識超過十年，只能算是有點熟的陌生人。如果不是那場葬禮，他們不會走在一起，喜歡預測未來的先知，早就知道這一切，並安排這一切，這是給背叛者的懲罰，如同半人半魔的梅林法師擅於布下的巨石陣，他深愛的薇薇安背叛了他，趁梅林熟睡時對他下咒，反將他困在巨石中永生化為石頭或是一棵樹。梅林的魔咒與復仇太嚴密了，必須用幾十年甚或一生來償還，而且是藉另一個人，讓他成魔成狂來整治薇薇安。

麵疙瘩越來越依賴她，且黏得緊緊的。歌德想她能忍受他最多八年，不能比康德再更多了，被這樣一個人拖住很累，對歌德來說，麵疙瘩是康德留下來可見的紀念物，比較像一個物，而非人。八年之後，十年將死的預言也就到了。

歌德常常覺得死期將至，康德的魔咒一直刻在她心裡，一個人背叛一個人，就該拿命來還。康德之後的歌德就是個苟延殘喘的活死人，她臉上刻著黑色記號，等到十年期滿，她願還命。因為這樣她對麵疙瘩特別包容特別溫柔，就算日日流著眼淚，也必須滿足他的一切。而他怎能理解這些？不管愛或是魔咒，都遠在他的圈地之外。她是薇薇安啊！

在滿八年之時，歌德仿效康德來個早餐談判，康德只用三句搞定，她頂多五句，不能再多，她拔下婚戒放在他前面：

「這八年來我對你如何？」

「非常好。」

「我是以報恩的心情嫁給你，如今恩報完了，讓我走吧！」

「你是不是有別的男人？」

「那很重要嗎？那是兩回事，希望是和平分手。」

真的是五句，比康德多兩句。歌德忘了她不是修辭家，這五句話比一顆原子彈威力還大，麵疙瘩男人也是反應不過來嘴笨的人，有生以來他只過規律而重複的生活，他花了十幾年才把歌德納入他的規律生活中，變成一個零件，如今零件掉了，他的世界會因此崩塌，歌德於他到底是什麼，他也沒想明白，有一次歌德一時浪漫沖頭逼問他，他想了很久很認真地回答：「你知道狗都會選固定電線桿尿尿，對我來說，你就像我選中的那根電線桿。對啊！你就是一根尿尿電線桿！」歌德為此哭了一夜，多醜陋的真實啊，對於自閉者來說，有什麼比固定的、每天的、必要的還重要，在他們眼中人與物沒差別，或者人比物還低下，果然是濕地法則啊！

電線桿怎麼可能有意志，怎麼可能移走？以後他要尿尿怎麼辦？而且如果是別條狗來搶走他的電線桿怎麼辦，他一定會拚上性命搶回來。但他只對歌德說了一句：

「我只給你七天期限，你一定得回來。」

歌德心中冷笑，面無表情走開，她只丟下五句就離開，麵疙瘩完全瘋了，他把自己鎖在房間七天七夜，變得更高更瘦，像被仇恨與屈辱拉到無限長的麵線一般，這就是他的後半生，他決心像基督山一樣展開無盡的報復，為了一根電線桿。

他的復仇方式就是打電話寫黑函到歌德的學校或報社主管，一樣也是每四天發出一批信，信多到像廣告信，全力封殺她，復仇讓他找到生活目標，並激發各種創意。他在她住處安上竊聽器，竊聽她的一切，然而那已是手機年代，歌德很少打電話，聽到的都是無聊的對白，如世紀大地震那夜，歌德在激烈搖晃中醒來，許多人都逃出去，在中庭中聚集尖叫，她想起身卻無法動彈，她聽見書架倒落玻璃碎裂的聲音，屋頂與牆壁像豆腐般搖晃，不久就將有巨石掉下來，她將死於巨石堆中，她笑著等待這一切，想到十年詛咒，剛好是十年，這就是死期。不知躺了多久，屋頂沒有掉下來，也沒有巨石，難道梅林的詛咒失靈了，他能搖晃天地，卻沒有對她擺出巨石陣，他終究下不了手，如此想著，歌德睡著了，睡得很深沉。

彷彿從死中復活，隔天醒來歌德給母親打了電話，麵疙瘩覺得如果歌德死於這場地震，應該是最完美的結局，他能接受死亡，不能接受背叛，歌德該死，這樣她就永遠封存在某個世界也好，她活著對他就是凌遲。然而歌德沒死，當他從竊聽電話中聽到歌德的聲音，激動得全身顫抖：

「媽，昨晚大地震，我差點死了。聽說死了很多人。」

「哦，這樣啊，我這裡還好啊！」歌德母親對她總是心不在焉。

「學校成為救災中心，操場停了好多棺材，直升機上上下下，停課了，這裡沒水沒電。」

「那你回來吧！」

麵疙瘩覺得這些話語中藏有密碼，他一時解不出，但肯定別有深意，一定跟某個男人有關，一定。

那幾天歌德走在斷垣殘壁中，彷彿走在梅林的巨石陣中，什麼樣巨大的憤怒造成這場地震，她的心亂極了，死的應該是她，不應該是別人，那些人是替她受死的，她能如何償還呢？在街上許多陌生人的手機不通，跟她借電話的路人，奇怪的都是男的，於是麵疙瘩聽到起碼十通男人或學生報平安的電話：

「阿母，真恐怖！我差點死了！」

「我嘛驚死，你無安怎沒？」

「就是驚……」低泣聲。

「趕緊回來，聽說還有餘震。你現在在哪裡？」

「在老師家。」

「趕緊回家！」

……

十個男人聚集在歌德家，那怎麼得了？他終於找到證據，他想到歌德與十個男人做愛的畫面，流下眼淚，她為什麼不去死，為什麼不早點被掉下的石頭掩埋！他看電視中那麼多被活埋的人，幻想著那些都是歌德，凡是歌德就該被活埋。

當陸恆打電話來時，他就混亂了，完全聽不懂他們在說什麼，大陸人於他跟外星人差不多：

「我急死了，一直在找你，你沒事吧！」

「我沒事，但是情況很恐怖，像世界末日。」

「你跟太太都好吧？」

「就那樣……」

「我們看了報導，你那裡太不安全了，你來吧！來西安。我們會打點好一切的……」

哦是跟太太一塊打電話來著，想必感情不錯，這個太太是大愛還是大意呢，居然這麼熱烈歡迎她，陸恆一定先跟太太說了，但只說該說的，誤把她當老朋友了，而陸恆大概自從心破了個洞，腦也破了大洞，想過一妻一妾的生活，男人還真是百世不易。

「謝謝，現在情況穩定多了，我還可以，你們多保重。」

「一定要來！一定要來啊！」太太說。

麵疙瘩跟著歌德去過大陸，知道她在找溫虹，認識一些大陸朋友，但這樣明白的感情他卻聽不出有什麼玄機來，感覺太太更熱情一些，總不會是女女戀。從這點起，他開始混亂，像糾結的電話線，越拔越亂。

其實過沒多久歌德就搬離那裡，麵疙瘩依然繼續竊聽，一年一年過去，他已分不清歌德與其他女人的聲音，只要是女人的聲音就代表著歌德，她們都用一種密語在說淫穢的事，沒有一個例外，因為在這世上他只擁有過一個女人，她代表著所有女人，她們都是混亂與淫亂的代名詞。

在大地震後，歌德覺得自己也經歷一次死亡，學校她是沒臉待下去了，黑函多到系主任的信箱滿出來，當時的主任就是柳真。歌德想柳真一定會落井下石，與其讓她下手，不如主動請辭，她走進柳真的辦公室向她遞辭呈，身穿全黑的柳真意味深長地看著她，歌德早就注意近來的柳真變了，她總是低著頭，不再鼻孔朝天，衣服不是白衣配黑裙，就是黑衣配白裙，完全不符合她的身分，她到底發生了什麼事，這個二十年的老同學似乎變了一個人：

「其實你不用辭職。」

「給學校帶來這麼多麻煩，我實在沒臉待下去。」

「學校是不會管家裡的事的。」

「那你呢？你也不管？」

「我知道你不喜歡我，我對你也沒好感。但是家家都有難念的經，我後悔曾經對你做過的事。」

「天哪！你到底發生什麼事？」

「也許你覺得我過得很順遂，這也沒錯，四十歲以前的我真的是一帆風順，我自覺得那是我比所有人好，理應比別人高，一切都是我應得的，所以我目空一切。彷彿平地直上青雲，我升得比別人快，丈夫比別人帥又身居高位。但是我的致命傷在孩子，自從想要孩子卻生不出來，看過無數醫生，最後人工受孕失敗好幾次，我一生的苦都集中在十年吃透了，古人說愛憎會苦，五陰熾苦，愛別離苦，求不得最苦，我是求不得啊！奮鬥許多年最後人工受孕成功，那時我已三十六歲，懷了雙胞胎，最重時胖二十幾公斤，像頭大象，腳腫得不能走路，舉步維艱哪，連坐著也氣喘腰痛，雖難受還是帶點甜蜜與希望，生產時生到昏死過兩次，命差點丟了。一個生下不久就死了，另一個只有一千八百公克，光保溫箱就住一個月，這個孩子超難養，像金甘糖含在口裡怕他化了，放在罐子怕他悶死了，他是那麼小就像隻酒瓶一樣，我都喊他『我的小瓶子呦！』捏在心尖上養啊養，養到三歲有一天發高燒之後就沒再醒來。孩子死後，我就無法入眠，每當打雷時，我會開車到他的小墳，用身體包住墳墓，他最怕打雷，雷聲把我的心都搗爛了，那種苦把我打進無間地獄，同時我看到更多受苦的人，現在的我，比較能體會受傷受苦的人。將心比心嘛！」

「沒想到你受過這些苦，真的無法想像，我聽了也很難過，可是，我還是想逃離這一切。」

「你先休息一陣吧！以前我無法理解你這種人，現在也不能說理解，你在涇我在渭，但我們井水不犯河水。學校停課至少會一個月，接著是寒假，等風聲過了，自然沒事的。現在大難當頭，滿目瘡痍，誰管他人瓦上霜。」

柳真就是柳真，說話還是引經據典，原來高地人不會永遠站在高處，當他們跌落低地，總是會流露出人性的微光，就算是微光，那也就是星星了。或者高地與低地只是個比較，而非相對，沒有人永遠站在高地，只有神，只要是人最後都會滾落低谷。

番外篇：藍色追緝令

所有追緝令電影都出奇浪漫，像《紅色追緝令》中的殺手愛上十歲的小女孩，他留給她最愛的盆栽，如果你家出了一個殺手，許多人要一起陪葬，只有斷掉的手指與扁鑽、西瓜刀，還有一百件名牌衣。

我想白喜歡妹妹，從八歲到十八歲，除了我，只有他能為她的美心醉並作見證，如果白勇敢一些，他們能在一起那或許對我有某種安慰。然而弟弟變壞了，妹妹沒考上醫學院，母親要求妹妹讀警官學校，她一直有著強烈的犧牲精神，跟自毀差不多。考上之後，北上出發註冊的那一天，母親給她買了金錶與首飾，還有一箱訂製服。那些她用不上，我到龜山探望時，軍事管理且不說，內衣都是學校發的統一運動款式，宿舍什麼東西都要收起來，棉被疊得方方正正，管理女舍的凶悍舍監原是管理監獄的。我來看妹妹，但不能在路上聊天，她與人同行要排隊，且與他人交會時要行禮。我那絕美的妹妹過的生活令我想哭。她已在變老，身體狀況百出，經血整整流了一整年，然她還要天天摔柔道、空手道，黑帶、黃帶，一直到脊椎壞掉。

畢業分發那年，弟弟唆使手下殺人逃亡，沒人知道他躲哪裡。最近才知道逃亡那段時間，妹妹把他藏在山上朋友家好幾個月，在一個偏遠的養殖場工寮中，為此接受朋友的追求，算是交易的一種，她很快懷孕然後交往，而弟弟最後還是自首。

這是無法言說的祕密，不是嗎？冒著窩藏犯人的罪，那朋友一直追求不到妹妹，卻以這種方法攻進她的身體，我無法理解妹妹為何要進行這種交易？她在充滿自私基因的家族中，最不自私，而且懂得犧牲。但是，也是那一刻她開始變老，美貌漸漸消失，然後有一天發現自己成為癌症患者。

自私基因足以對抗癌細胞，自我犧牲者則不能。最後一次看見清醒的弟弟是他在自殺前幾天，他出獄不久，站在戲院口的檳榔攤前，他的臉變得像殺人魔王，腮骨外張，眼露凶光，我的心下沉並感到不祥，也許姊弟也連心吧，心肝都在酸痛！但我是被自私基因支配的這組，弟弟在獄中，我從未去看過他。

他在獄中還是比較好的狀況，沒法惹出麻煩，出獄後，一天一個麻煩，說要創業開魚池，我們馬上拿出錢來，結果是簽賭，一下子欠下幾百萬，那時一棟房子只要幾十，我不肯還賭債，母親聯合弟弟欺騙我，第一次我對母親大吼：「你沒讓他變好，還一起跟他下海。賭債我絕不還。」就這樣跟母親翻臉不再聯繫，只有妹妹不斷去填那個坑。

妹妹比較快樂的時期也許是在當偏遠地區派出所所長時，她手下的警察，像女王拱著她，其時妹妹還留公主頭，戴寶石項鍊，有次上司巡視時指著她的項鍊說：「這個很俗氣，拿掉！」漸漸地她柔美的部分慢慢被削得有稜有角。小派出所最常見的是竊案與抓蛇，每當抓小偷時，警員們在前衝鋒，妹妹在後指揮，小小的派出所養了許多蛇，那是樹比房子多的地方，自然蛇比人多，毒蛇被泡在酒中，大蟒蛇養在籠子裡，他們在這裡生活實在太無聊，以致把蛇當寵物。我想到莒哈絲的小說寫到教會寄宿學校的女孩，平日在樓上窗口對男孩子揮手，假日到動物園看大蟒蛇，那大蛇如同潮濕的慾望且分泌著潮濕的液體，在行走過的地上留下彎彎曲曲的黏液痕跡。我看過群蛇集體性交的畫面，牠們全身都是性感帶，或者身體就是性器官，一大堆蛇摩挲身體，緩慢且溫柔，像一組活動的中國結交纏的圖案美得讓人無法移目，許多人怕蛇，有一部分是否害怕旺盛的性慾，牠們同時跟許多身體做愛且不知誰是誰，可說是最驚人的淫亂畫面，誰能不怕蛇呢？妹妹跟這些蛇在一起，一點都不害怕，她膽子變大了，也許有一天她會衝到最前面抓歹徒，她的身手矯捷，練過芭蕾的她，在把男人摔到地上制伏的身手，也像一場舞蹈；在那如田園詩般的偏鄉警官生活，還允許保有個人色彩，妹妹像古堡中的長髮公主，天天梳著長髮，被持槍的警員保護著。

女警官的生活不如我們想像的驚險浪漫，只有天天值班二十四小時待命這些較反人性的作息，為了照顧孩子，她選擇較安定的鐵路警察，工作就是坐火車，從這站到那站查巡，臺灣很小全島才分三段，她負責最南的第三段，從臺中到枋寮。我們搭車其實是有便衣在車上守衛的，但他們很難被發現。女巡官的標準衣著就是短髮、偏休閒的褲裝，灰或藍，平底或運動鞋，跟一個出來度假的旅客差不多，很難發現她們的形蹤。她化身為普通人，夾雜在人群中，她的頭髮越剪越短，粗口越來越多。她像生化人一樣只有行動而不感動，偶爾演練跳車捉拿歹徒，然而最驚悚的只有自殺或意外被車輾過的交通事故與碎屍，還員警要撿拾肉塊遺物清理現場，漫長的巡官生活，她參與保護過三個臺灣總統搭火車，還有一個有邦交的外國黑人總統，那時她應該是穿帥帥的制服吧！除了學生時期我沒見過她穿制服的樣子。車站每一站都很類似，警察局更是格式化，較富於人性的是喝茶，每一站都有長得差不多的沙發，差不多的茶具，差不多的茶葉。才二十歲出頭的女巡官到處跟人泡老人茶，她常睡在辦公室裡，那裡有她私人的房間，一張鐵床一套沙發，塑膠衣櫥裡都是紗紗的洋裝或者是 PRADA 衣褲，連設計師都沒想到她那些或灰或黑或藍的中性衣褲是最高級最貼切的警察便衣服，妹妹擁有許多 PRADA 褲子與鞋子，如果外罩一件黑色寇鐵士登山防水外套，那就更帥了，那是雌雄同體的反向歐蘭朵，她前生是窈窕淑女，今生是太空戰士。

切除女性化的過程如果是漸進且緩慢的，那就會成為自然而且具有理所當然的氣勢，妹妹特別在意髮型，每隔幾週，她到臺北後站特約的髮廊，染剪新髮型，短髮短到像龐客了，還把剩下的那些短毛染色，或褐或赭，她的臉越來越方，膚色越來越黑，與我的感情卻越來越好，也許是其他人都出國了，也有可能是只剩她在照顧老家，對於我她更像個家，每次巡車她總抽空回一趟老家，那個家把她的血都吸乾了，為什麼一點恨都沒有？

曼楨經歷了滄桑，只希望有一天能跟世鈞訴苦，說回不去了我們回不去了。誰願意聽訴苦，殺手遠颺時，沒留下盆栽，只留下一堆債，還有早已老去的女孩。

古董黑

胡漣在美國的記者生涯與感情生涯規劃是分不開的，這個華文報社編制雖不大，在華人世界很有影響力，跟華府的關係也不錯，胡漣常出入華府的記者會與宴會，胡漣學會如何戴帽子，把晚禮服穿得很優雅，她知道自己在一個權力的核心外圍，很靠近核心，但很外圍，要打進去只有吸引一些握有權勢的男人，胡漣天生會吸引這些人，只要美美地站在那裡，王子自然會報到。有一次晚宴，胡漣穿非常緊身的亮紫色長旗袍，直長髮自然披到腰間，那天喝了一點酒有點醉，許多蒼蠅（自然是比她更外圍）圍著她，其中一個硬要邀胡漣出去，這時有個瘦而高的男孩把她拉進舞池，他非常非常高，起碼有一百九十公分，娃娃臉，淡金髮，但是好看，非常好看，他是奧地利大使的兒子，正在美國讀大學，只比她小一歲，他輕擁著胡漣起舞，她有種回到家的感覺，在他面前胡漣不覺得矮，反而覺得自己好高，站在一個沒有人可觸及的高點，雖然她的身高只有一百六十二。

愛情很難對等，之前的教授是胡漣愛他多一點，這次是他愛胡漣多一點，在西方男人面前你的責任只須展現美麗優雅，以及足以讓他們歎服的頭腦與矜持，他們就會展現極為紳士與騎士的風度，他會願意為你付出一切。他讀的大學在西岸，光是電話費就很龐大，他們一講都是好幾個鐘頭，他也常飛到東岸看胡漣，他擁有她想要的一切，胡漣為此開始學德語與奧地利語，他讀的是外交，會講五國語言，從小在世界各國跑來跑去，曾經有個日本女友，他喜歡東方女孩，家裡不希望他太早結婚，胡漣想與他修成正果，恐怕要耐心等。他有信心他們一定會在一起，但慢慢地胡漣發現他的性關係很複雜，胡漣比他更複雜，你知道那是七〇年代，性是一種國際語言，而西方人對東方女人感到好奇，他們認知的東方美都是刻板的蘇西黃或小眼睛小鼻子的醜女，他們根本很少接觸東方女人，尤其是美女，於是常把東施視為西施。那時的胡漣還沒大整，但也算略有姿色，自然成為眾多男人追求的目標，華府好條件的男人這麼多，簡直是整籃讓她挑。自從升為特派員，胡漣常跑國際重大新聞，常會見到一些大人物，其中有個總統，五十歲出頭，風采非常迷人，上過一次床之後，胡漣的心已飛到他那裡，這種關係沒有未來，只能祕密進行。她瘋狂地每天只想飛到他那裡，這件事被那男孩知道了，他也正跟一個模特兒打得火熱，攤牌之後只有分手一途。正絕望之際，胡漣碰到一個美國記者兼傳記作家R，他自然也是高大英俊，年紀比胡漣大兩歲，正是玩夠想定下來的年紀，他們交往三個月就結婚。R帶胡漣去見他父母，他們擁有一家國際知名的拍賣公司，母親是英國人，公爵之後，人們都稱她為「公爵夫人」，服飾、首飾、餐巾、手套都要繡上有R夾在其中的姓氏。他們住在維多利亞港邊附近兩百年歷史的歷史古蹟，房子雖舊，裡面的布置就像裝潢雜誌中收藏家的房子，每一件擺飾都有歷史典故，坐在典雅到令人骨頭酥掉的房間，胡漣覺得古董更像春藥與回春藥，誰在千年的古董前不會覺得自己的渺小與稚嫩，對於熱愛收藏者，他們因此永遠保持純真的熱情，她愛上那釉黑的老色調，那是古董灰或黃，窗外港口一群又一群穿著小禮服的俊男美女穿的也是這個色調，眼前是胡漣不認識的世界，她想開啟它，走進它，擁有它，征服它。

去R家的拍賣公司，裡面布置跟一般公司不同，小小的會客廳，擺著幾張古董傢俱，不大的辦公室，連辦公桌都有來歷。大多數的空間都留給收藏品與拍賣品作保險櫃，另一間工作室是為鑑定使用，養了幾個鑑定師，這是無形而最有力的資產，他們見過的古董無數，對古物與美術館的訊息充足而快速，且各攻一項，如專攻西畫的、雕塑的、瓷器、古董傢俱、名人手稿……他們的判斷有時像是審判或專斷，總之他們只相信自己培養或找到的鑑定師，如有必要再通過儀器鑑定。古董的身價是隨著它的拍賣與收藏名人的加持而越拍越高，當然這種獨門而專斷的審判有時是會出錯的。有一次胡漣因找化妝室而誤入儲藏室，那裡堆滿被審判為贗品的失敗物，他們看起來更巨大輝煌些，要仿就要仿嚇死人的，古埃及面具與雕像，希臘雕刻、文藝復興時代的畫作，光達文西、拉斐爾的作品就有好幾幅，宋汝窯、官窯……各種石刻與鎏金佛像，連秦漢銅馬車都有。胡漣完全看不出它們有什麼不對之處，它們看來如此具有古董相，那特殊的灰與黃，閃著古老的悠光，這裡的任何一件拿出去拍賣也沒人懷疑它們是假的。其中有一件天藍色的筆洗，如果沒記錯的話，應該是汝窯，在故宮看過，它那特殊的雨過天青色澤，藍中帶赭，要用放大鏡才能看到的冰裂紋與氣泡，這怎麼可能是假的，它太美了。

「咦，你怎麼跑進這裡？」R說，沒生氣。

「門沒關，跑錯房間，這些東西是淘汰品嗎？所以不用關？」

「應該說是有問題的，還在鑑定中，還要拿來拿去，反覆看過才行，每天下班還是要關的。」

「裡面也許有些真品，你們就憑鑑定官看幾眼就把它們打下來了，不怕走寶？」

「只要有一點問題就會被打下來，就算百分之百真，來源有問題也會被打下來，最怕是盜賣集團，問題很多。」

「如何確定那百分之百沒問題的？」

「除了基本鑑定，它的出身與履歷也很重要，譬如說有沒有被拍賣過，被誰收藏過，最好是出自名收藏家之手的多次拍賣品，這種東西如果釋出一定是天價。不過，連乾隆皇帝都收過許多假貨，我對這些東西沒興趣，懂得不多，別問我！」

「誰能定真假，連上帝也不能。像這個筆洗，這麼古雅，還有鈣化的痕跡，年代一定非常久遠！怎會是仿品？」

「汝窯的狀況比較特別，全世界只有六七十件，臺灣故宮就占四五十件，剩下的都在各大博物館，大英博物館一件，私人博物館與名家收藏加起來就是這個數字，連大都會博物館都沒有的東西，你覺得呢？再說汝窯的仿品最多，明仿、清仿、民初仿，現代高仿，這件被判定為現代高仿，一點價值都沒有。」

「這件我喜歡，賣給我吧！」

「你喜歡就作為我們認識一百天的紀念吧。」他深情款款地說。

後來這個巴掌大的筆洗就成為胡漣的結婚禮物，外帶兩棟房子，市區的地點好但離R父母家近，胡漣選擇住在郊外的大房子裡；因為那雨過天青色澤，房子的布置色調以此為基調，天藍的沙發與地毯，古董櫃裡都是真古董，她那件假古董汝窯器也在裡面，她覺得它是最美的，那個顏色只要見過就深深被感染，那不是天然的藍，而是想像的人為的藍，現實中不可能存有，因此格外具有魅惑力。房子在大湖邊，湖四周都是沼地，水草密布，候鳥季節來時，牠們棲息在水草與湖中，R喜歡賞鳥，他可以待在湖邊一整天。這裡濕氣重，整天都要開空調，胡漣躺在空調屋中看書，R在候鳥季常不見人影，回來時滿身汙泥，卻雙眼炯炯，這麼瘋的一個人，什麼都愛之如己，搭上性命也不顧，他對她訴說各式各樣的鳥，胡漣說：「鳥不都一樣嗎？」R說：「不，當去年的幼鳥長成大鳥，牠們群飛在沼池之上，我的心如同那片湖，淚眼汪汪。」在胡漣眼中他就是長不大的孩子，而她像他的小母親，如同胎兒還在子宮中母子一體，也如天體般渾然天成。兩人在這宋代藍中過著沉靜的生活，為此還去學打坐，R喜歡做東做西，各種木作桌子、椅子、書架、木偶，樹屋，會煮的菜很多，熱愛美食美酒，喜歡待在家裡一整天修理東西或布置房間，他最喜歡逛的是傢俱行，收藏一些名人設計的傢俱，尤其是古董傢俱，在這方面他很挑剔。像他一直想要一張愛米緒人做的古董桌，他認為是木工的極品，純淨、自制、剛健、明朗，就像完美的雕刻品，那在拍賣會上一張要好幾萬美元，為了等那張桌子，好幾年家裡都沒有餐桌，吃飯就在廚房的小圓桌上，寧願空著也不擺不合格的東西，他怎麼這麼閒啊，天天開著他的蓮花跑車載胡漣逛古董店，到很少人知道的好餐廳吃飯。他沒有正職，因他家很有錢，他的工作都是娛樂性質。他用本名替赫赫有名的作家寫傳，這些是會賺小錢的，用無掛名的方式為各種有錢有勢的人寫自傳，這些是會賺大錢的。他有好幾臺錄音機，工作程序都是一樣，一面做錄音採訪，一面做案頭研究，一定要做足功課，一直到能進入那人的世界與靈魂，與他們合而為一才會動筆，這是我們說的「神入」與「通靈」，這簡直跟演戲或寫小說沒兩樣，如此他身上疊合著許多人的身影，也許也有多種性格也說不定。他常說他沒辦法只當記者，這種工作只會讓人越來越膚淺，越來越沒想像力。記者像另外一種推銷員，以他的新聞鼻接近重要人物或財團，尤其是跑政治或財經新聞，那些有權有勢的人稱你為朋友，親熱地接近你，只不過因為你掌有報導的權力，你自覺晉身上流社會，其實那只是假象，他們背過身就忘記你，不管你認識多少權貴，你都只是無名小卒，當你過世時報紙上連一個小短欄也不會存在。

他把寫傳作為深入人性的途徑，也是自我銘刻的方式，有時太投入而無法自拔，譬如有一次他寫一部曾關過集中營的猶太作家傳記，為此他看了許多檔案資料與紀錄片，那一段時間他常從惡夢中驚醒或在夢中哭泣尖叫，平常是恍恍惚惚，有時喃喃自語，或者狂暴地砍樹木，或者靜坐在窗前，對著一隻偶然飛過的鳥流淚，他似乎是憂傷，但有時他激動莫名、欣喜若狂。

他像是某種再造品，連說話、舉止都變成他所書寫的對象，他有如此豐富的感通能力，然而為什麼不直接創作呢？因為他害怕書寫自己，他喜歡當他人，或分身、導演或觀察者。

這時胡漣便是他最好的傾聽者，他們在燃燒著柴火壁爐前的地毯上喝酒，作長長的傾訴，胡漣羨慕這樣的能力，也開始試著寫傳記或遊記。

因為他們都不是原創作家，只喜歡收集資料與聽人說話，書寫他人，剛開始是R寫胡漣修，後來是集合兩人的點子重寫，到後來是胡漣講他寫，這些作品最後都冠上胡漣的名字，她不斷自我催眠，沒辦法，他的英文遠比她好太多，這也是R愛她的方式之一，夫妻一體的展現。

標記為胡漣的傳記開始有人注意，胡漣的名字越來越響亮，甚且凌駕他。他剛開始是高興的，他創造了另一個分身，她就是他創造的藝術品，他是個複製的藝術家，他複製他人，又複製了胡漣，她的作品是複製再複製的集合作品。

他們是非常投契的夫妻與工作伙伴，然而隨著名氣大增，胡漣的行程滿檔，常常出國演講，再沒有許多時間陪他，為此他只好放棄自己的工作，陪胡漣出國到處演講，為了讓胡漣好睡，他都買頭等艙，兩人就像巨星般高調旅行，而他較像她的隨行祕書或助理，他就是要把胡漣捧得高高的，他只喜歡當影子，或無名英雄。胡漣喜歡名氣更勝於金錢，兩者兼有更好，藉此可以接觸到真正的上流社會與最頂尖的人，胡漣穿戴著精心打扮的古董衣與名牌古董珠寶，出席各種晚宴，被捧得像個東方女王，這樣的宴會有R的陪襯，更顯得她的高貴迷人。R剛開始也樂意欣賞他創造出來的藝術品，在各式各樣像展覽會一樣的地方把他展示出來，沒幾年，胡漣發現R越來越不快樂。

每當胡漣領獎或從簽書會回來，他總是喝得醉醺醺，對著她大吼大叫：

「大作家回來了，你是個假貨，是個贗品，沒人發現嗎？」

「你幹什麼？你瘋了？這是我們兩個人的事業不是嗎？」

「你不知道我有多害怕，多矛盾，我一方面為你感到驕傲，一方面覺得我是個大騙子，我們停止這一切吧！我們的財產足夠過一輩子好日子，我們隱居到瑞士山上，沒有人認識我們的地方。」

「我才剛剛開始，甜心，我們擁有別人羨慕的一切，應該開心啊，我從沒這麼開心過，你不是最喜歡看我笑嗎？你看我笑得多美！」

「不，不要笑，我越來越不認識你，你已不是原來的你，我喜歡原來的你，都是我，我是個假貨，創造出一個更大的假貨。」

「甜心，這世界上的真貨太少了，你看你拍賣公司那些東西，百分之九十是贗品，沒有人分辨得出來，有的贗品還比真品漂亮，真品通常破爛不堪，人們需要贗品，那才是他們想像的藝術品。」

「贗品就是贗品，有一天終究會拆穿的，你不怕嗎？」

「只要你不說我不說誰會知道呢？我們已經綁在一起，不是嗎？」

「拜託你，停止吧！我不再為你寫任何東西，每天晚上我都從惡夢中醒來，我睡不著！」

「停止？除非你殺了我！」

「那我只想殺了我自己，求你不要再欺騙世人。」

「沒有人阻止了我。」

像這樣的衝突發生的頻率越來越密集，後來他乾脆不回來，他有許多地方可以去，市區他名下的房子、父母遍布在東岸的房子，但胡漣知道這都是嘔氣，他是離不開胡漣的，胡漣是他創造的另一個他，他怎會割裂自己的一部分。不管他是否爛醉如泥、睡過一個又一個女人，或是住進精神病院，他都是她的，她也是他的。

如此折騰五年，最後出面的是他的父母，提出離婚，贍養費足夠胡漣揮霍下半輩子，但她沒簽，為了逃避這件事，只好回到臺灣。

從特派員變採訪組副主任，說是副主任，只是填個缺，胡漣的時間與工作很自由，什麼事直接找上級，公關與要人的飯局都是她一手安排，她跟各國的外交官熟，重大的國際新聞歸胡漣管，她出入一臺湛藍色積架，愛來就來要走就走，大家都說她比總編輯還大牌。不是她自大，連法國、美國總統她都敢質問，平起平坐，幹麼裝謙虛，下屬上屬自然看胡漣不順眼，但那又怎樣？她連跟他們說話的意願都沒有，連社長都要讓她三分，總編輯幾次趁醉想跟她上床，光上床是可以，但想得到她的心太難了，這世界上除了R，還有誰能替代他的位置，胡漣是他真正的一半，他也是她的一半。離臺十幾年，臺灣解嚴，報紙增張，深藍的報社擠進一些六年級紅衛兵，長得一臉臺樣，滿嘴半吊子臺語，胡漣總當著大家的面訓斥他們，把他們的稿子丟在地下，她聽到自己的聲音大到全編輯室都聽得見，他們凶悍，她比他們更凶悍，他們背後都叫她「女魔王」。

胡漣真正的舞臺不在報社，而在外面，她的傳記中文版陸續在臺灣出書，也寫幾個有關藝術與收藏的專欄，因為她有拍賣家族的背景，大家都相信她的眼光與品味，許多收藏家拿藏品請她鑑定，她通常拒絕，鑑定本身就是錢，一句話值千萬百萬。R陸續給她的錢與版稅收入已讓胡漣晉身富婆之列，後來乾脆獨資在天母開家古董店，店名就叫「公爵夫人」，店裡東西古董真假皆有，大多是舊仿與高仿品，專賣給外國人以及臺灣富豪，那時臺灣人有錢，隨隨便便一幅畫叫價千萬，上億。她那件汝窯是鎮店之寶，沒有人敢懷疑它是仿品。

那時追胡漣的臺灣富豪很多，但她一直跟西方人在一起，對臺灣男人沒興趣，有個美國人潘恩常來看古董，光看不買，他年紀頂多三十，至少小胡漣十歲，長得不帥不高，也沒什麼錢，但胡漣知道他迷上她，她那張整得完美無缺的臉，永遠停留在二十幾靠三十，西方人也看不出東方女人的年紀。潘恩先是胡漣的忠實讀者，他很幽默很會逗人開心，尤其逗胡漣開心，他來臺灣學華語，美國耶魯大學文學碩士，為了繼續攻讀博士，來臺灣補習班當英文老師賺學費，他不是胡漣的菜，但她也還沒離婚，找情人只要開心就好，當他說他也寫點文章投稿，胡漣更有興趣了，要他把文章給她看，他的文筆比她想像的好太多，再磨個幾年，不輸R，他們的合作一定成功，光這想法就讓胡漣比做愛還興奮。很快地他們同居，說是同居，其實是在養他，他的收入不穩定，住的地方又小又破，為此胡漣在天母買了一層五十坪的小豪宅，兩人過了一段甜蜜的生活。潘恩的英文好，可以作她的副手，胡漣想將他培養成又一個分身，那時她正計劃要寫《翁山蘇姬傳》，為此跑了好幾趟緬甸做採訪，當她把資料收集得差不多，請他執筆時，他以無法置信的驚訝神情看著胡漣：

「不，這是欺騙，難道你不知道？我還想在學術上努力，不要說作假，連抄襲都不允許，那將構成我的人生汙點。我絕不會做這種事。」

「不要想得這麼嚴重嘛，資料、採訪都是我做的，就是借你的文筆，這是我們合作的心血結晶耶。」

「你自己寫，英文不好，用中文寫。」

「我的中文跟英文一樣普通，寫新聞稿還可以，但這是傳記文學耶，你知道我的眼光很高，一定要世界級、國際……」

「這麼說，以前的作品也是別人代筆？那麼漂亮的文筆，動人魂魄的心理描寫，都不是你的。」

「可以說不是我的，也可以說是我的。」

「謊言，原來你一直在說謊。」

「你還太年輕，你知道真與假的界限在哪裡？你知道有所謂靈魂的複製嗎？我是別人靈魂的複製品，我雖不是原創作家，但我是靈魂的複製藝術家。」

「你瘋了，你是說謊家兼自我催眠家，我竟把你當典範，真噁心！」

「你不願意，那請你走吧，我們之間玩完了。」

「原來你只是想利用我才跟我上床，你不怕我舉發你嗎？」

「誰會相信你這被分手的無名小卒說的話，傻瓜。」

「難道你就不怕事情有敗露的一天？」

「不會有那天的，相信我吧小伙子。」

潘恩搬出去了，胡漣一天比一天難過，像他這樣沒錢沒勢沒長相的大男孩，失去他讓她痛苦地發瘋，也許她已經有點年紀，變得脆弱，或者害怕他揭發她的創作，胡漣做了從來沒做過的事，低頭求他回來，只要他回來一切的事都沒了。但胡漣越求他，他越絕情，這段時間她又開始打坐，每天坐一小時，雖然知道一切的問題就在自己，但自己是什麼？是跟真實真相相隔遙遠的東西吧！

那是胡漣最多災多難的一年，「公爵夫人」賣出的一件乾隆琺瑯彩過枝壽桃大瓶，買者是一個建商暴發戶，他買了滿屋子假貨，為何獨獨送這件出去拍賣呢？一般人是不會隨便送拍賣的，就算真的也有可能判斷假的，只要一絲懷疑就會被打下來，拍賣公司拍出假貨，等於信譽掃地，再說抽成那麼高，除非是絕品逸品，一百萬以下的東西通常私下流通，那隻瓶她才賣他十萬，他想拍五億嗎？過不久那建商把東西退回來，要求退錢，她說這是光緒的高仿，也是古董，從沒說過到代，民初的高仿就是這個價，他當著她的面把花瓶摔破，最後上了新聞，不喜歡她的同業或記者太多了，新聞登得很大，報導一面倒，都說是詐欺。她寫了一篇說明稿，附上她擁有的一對到代的乾隆過枝九桃琺瑯彩對盤照片，它們是R家族送給她的禮物之一，拍賣行情是兩千萬，所謂的過枝就是把畫從盤內延伸到盤外，通常是畫九個壽桃，顏料是進口的琺瑯彩，顏色特別嬌豔粉嫩，鑑定琺瑯彩顏色最重要，黃是亮麗的皇家黃，顏色很特別，黃即是皇，御用的顏色，偏一點都不行，因清三代之後，此種顏料不再進口，仿品顏色通常黯淡無光，而且清三代的琺瑯彩都有蛤蠣七彩光芒，這是舊顏料的特色。她講的都是行內話，可以嚇唬許多人，並強調賣出時從未說到代，如果到代至少要賣一千萬，十萬買到光緒高仿的古董，又是大件，價格公道，不能說是詐欺。請問誰會把到代的清三代琺瑯彩賣十萬，十萬只能買鶯歌窯吧？這是懂行的說法，一分錢一分貨，問價就知，只有外行的人才會想花小錢圖大利，它的說明稿義正辭嚴，大家看到十萬只能買鶯歌窯就不再吵了。古董真偽有許多灰色地帶，所有的人事物也是一樣。

說明稿刊出之後，「公爵夫人」的生意還特別好，認為她真的懂行識貨，說的話在理，許多富豪都來打聽這對盤，有意購買者很多好奇的人也很多，就想一睹風采，可她偏不賣，也不拿出來，原因她不說，其實那對盤還在R那裡。

經過這風波，作風保守的報社把胡漣調到冷單位，說是主筆，不再跑第一線，其實等於冷凍，世紀交替，臺灣的媒體也有天翻地覆的轉變，中資港資滲入媒體，他們不像傳統報人以天下為己任，而是完全市場走向。以前媒體不登的東西很多，最忌諱的是裸體與屍體，可是它們專刊大幅裸體與屍體，在試賣期間零售搶賣一空，還要再刷二刷，不管同行如何痛罵與排斥，銷售量是現實的。以前兩大報時期，號稱訂戶三百萬，當時臺灣人口不到兩千萬，就有六百萬人讀兩大報，當然媒體善於誇大，再怎麼誇大，那確實是讀報時代，文字很重要，一個好記者要有一枝好筆，一個很靈的新聞鼻，還有良心與專業，現在什麼都不需要了，只要有八卦、腥羶與血腥的放大照片就可以了，香港的報紙大都是這樣，知識份子不讀的報丟到臺灣來，人人像瘋了般傳閱。胡漣跳到另一家報紙當副總編輯，看到記者的稿子就火大，錯字連篇，成語不是用錯就是顛三倒四，以前當文字記者時桌上的康熙字典與成語辭典常要拿來求證確認，現在這兩本都不見了，照片比人臉大，文字三兩行，還是沒水準的文字。

從文字的時代走向圖像的時代，胡漣想籌拍傳記長片《翁山蘇姬傳》，有金主願意出資，但必須跟一個六年級的小朋友合作，他二十幾歲就開始拍短片，得了許多國外短片獎，最近以一部紀錄片得到金馬獎，在院線放映居然票房不錯，現在只要沾到臺灣歷史或文化的都大賣，最好是臺語或臺灣國語與日語交雜的搞笑對白，連紀錄片也不例外。那小朋友才三十歲就當導演，胡漣是編劇，雖沒拍紀錄片的經驗，看的一流紀錄片可多了，找了兩個副手執筆，把她的構想化為劇本，只有在影視圈可以接受我說你寫的創作型態，可說較適合胡漣，但胡漣的要求都要最好的，她著重詳實的歷史考據、資料收集與一手採訪，國際視野與主題深度，用精細且生活化的細節慢慢堆出傳主的特性與生命圖形，如同傳記的書寫是用一層一層加厚的描寫勾勒出傳主的靈魂。胡漣太知道一流的作品是怎樣，裡面的對白有許多是英語緬甸語交織而成，旁白也以英文為主，胡漣要它成為世界級的作品，而那紅衛兵把他們全部改成搞笑的情節與國語旁白，很多重要的歷史資料都被刪了，連胡漣的劇本也敢刪，心想他算是哪棵蔥，沒見過世面的小屁孩，老娘在混的時候，你都還沒出生呢？

剛開始是胡漣教訓他，摔他的劇本，後來是兩人對罵互摔劇本，胡漣的名氣資歷都比他好太多，兩個人要合作是不可能了，他們都向老闆告狀，胡漣以為老闆會站在她這邊，沒想到他找來一新編劇與她合作，那人年紀都可當祖父了，是個更資深的編劇，胡漣心想好啊，用這招來壓我，她馬上走人。

胡漣辭職，不，她是被逼辭職，如今媒體的黃金時代已過，一切將灰飛煙滅，取而代之的「自媒體」從網路不分國界地崛起，這是她無法想像的時代，免費的無償的微利的時代，一個無比巨大光輝的舞臺落幕了，她被迫下臺，她才知道她迷戀的是演戲，而她骨子裡是個戲子，只有戲能包容真假不分，所有的戲大多是假的，所有戲都會散場，她卻不知如何散場。

死者之愛

小都與阿健的婚姻生活之美好，外人是無法看出來的，只有他們自己知道，這樣的美好必須藏好，否則鬼神都會妒忌，或者將遭到破壞。表面上跟一般夫妻沒兩樣，阿健到處接木工，現在能做木工的越來越稀有，他光工錢一天三千起跳，現在要養家，有時得配合裝潢，做販厝與翻修的細活。他做的原木泡茶大桌，許多人搶著要，很快地就有了自己的透天厝，他把房子整理得很漂亮，大多是自己的手筆，最好的花梨木作地板，讓孩子可以四處爬，翻滾也不受傷，房子裡都是他的木工細作，桌子都是圓的，椅子矮矮的加軟墊，只有沙發是小都想要的布沙發，櫃子都是隱藏式木作，冰箱、電視小小的，都可以收起來，其他傢俱都不買，一個像草原的家，無阻礙空間。爸爸媽媽住二樓，小夫妻住三樓，四樓神明廳，一樓雖是客廳，打成通鋪很寬敞，兩老與小都喜歡一樓，常窩在這裡，吃完早餐洗完碗準備中餐，中餐吃完一起在一樓睡午覺，睡醒準備晚餐，通常這時阿健也收工回家，一家人每天都吃團圓飯。小都彷彿回到爺爺奶奶家，像孩童般單純明亮的世界，公公婆婆個別時很嘮叨，在一起則沒話說，像兩尊菩薩般要人侍候，他們也許談不上愛，但也不難伺候，把他們當自己爺爺奶奶般自然，現在加上阿健，他是恩也是愛的總結。小都喜歡待在家裡，躺在哪裡都寬敞舒服，阿健工作時不讓她跟，但只要在本地，一定抽空回來陪她吃飯，或者帶些補品回來。孕婦愛睏又愛吃，漸漸地她的身體變圓了，然她害喜很輕微，阿健下工回來帶她去散步，阿健有時去外地幾天，她就一天擦兩次地板，把自己弄得汗水淋淋，然後泡一小時泡沫浴，澡桶是特大的檜木桶，兩人洗還很空，他設想的是三人洗，將來跟孩子一起洗也沒問題，阿健做這樣大的澡桶，工要很扎實，他用鐵絲緊紮，還上了漆，地下鋪了木條，光浴室就三四坪。他知道小都愛泡澡，嫌浴缸滑太危險，原來的設計全打掉，還做了小型三溫暖，天氣冷的時候，兩人常待在浴室裡，這是他為小都打造的皇宮。

孩子出生後，生活變得更擁擠更集中，全家的注意都在他身上，一樓的通鋪更熱鬧了，大人小孩一起爬，翻滾，小都抱著他不停說話，指這指那，「那是電燈，那是窗戶，那是桌子，那是鍋子……」「你是永，我是媽媽，媽媽。」說著自己笑了，每天重複介紹，才兩個月，只要說什麼就轉頭看，四個多月，半夜餓了哭醒，叫了一聲「媽媽」，小都驚得狂笑，說給別人聽，都說是媽媽騙子愛吹牛，四個月怎麼可能？她也不敢相信，但真的是叫了一聲媽媽，很清楚，雖然只有一次。

孩子真的是早說話，七、八個月就認字，十個月能說完整的句子，一歲就能背短詩，他當然會是個神童，這是小都懷孕時就確定的，所有的一切都不意外，他還會是天才，跟康德一樣。

永十歲時，公公婆婆因病相繼過世，小都一路服侍披麻戴孝，比自己的爺爺奶奶還要盡心，依南部的習俗，媳婦要幫他們洗身更衣，還要抬入棺，她是背著他們從二樓到一樓，將他們安放在臨時搭的床板，守靈七七四九天，幾乎天天跪著念經，永一直想看爺爺奶奶的屍身，大家都阻止，入殮時他靠近棺材，看了許久，說：「爺爺，我好愛你！」「奶奶，我好捨不得你走！」他的面容冷靜不像孩童，小都爬著哭很久。

永像爺爺懂得愛人，愛是某種特異的天分，永天生懂得愛人，當小都要去看爺爺的墳地時，他想跟被親友阻止「大人才能去！」，永抱著母親哭喊著：「我也要看，看爺爺住的房子。」小都只有依他，墓穴靠海，大家都說風水好，看完墓穴，永回來一直畫畫，畫的是爺爺睡在墓穴中，墓穴在海洋中，他開口笑得很開心，這孩子不僅懂得愛生者，也懂得愛死者。

永有畫畫與寫作的天分，七歲的畫作就有人想買，十一歲寫的詩像三十一歲：

昨天咬著今天

文字咬著死亡
回憶潮濕悠長
深井一般
上蓋石頭接近社神
我們既不膜拜也不知何謂虔誠
抽水機的年代
地上積水或淹水
矮凳飄浮過來
孩童尖聲駭笑

有過的愛都不能填滿今日
話語是墳場是雪花
文法都不準確
如果回望都是如此變形
就在井邊坐坐
細聞藻氣

清風帶著涼意
夏陽如此不相稱地發高燒

他的詩中有年老的聲音與記憶，這些屬於上一年代的語詞與細節，如何會從十一歲的孩童筆下流出？小都常看著永發痴，心中想狂笑或狂哭。

十五歲，永跳級讀高二，那年阿健在工地中摔下來，在送醫途中就氣絕身亡，然他的雙拳緊握，醫生在宣告死亡時，在他耳邊說：「你已經死了，走吧！」阿健的手仍沒有鬆開，他在等心愛的人，當小都與永奔到他身邊，聽到他們的聲音，阿健的眼睛流出兩行血，手慢慢鬆開。小都抱著阿健哭號，直到鼻孔與嘴角、耳朵都流血，護士才制止她，這時小都昏倒在永懷中，而永流淚看著父親，腦海中奔跑著無數的畫面與字句，死亡本身就是完整的作品，雖然不美好，它是一個自成的頑強結構，要拆解它太困難了，他無法停止思考。小都被帶回家昏睡了一天，好幾次她喃喃說著：「你好傻，好傻！」現在的高樓越蓋越高，阿健接的工作越來越多也越危險，小都想不透他為何要如此賣命，如果為了讓她與孩子有好生活，那就該以保住自己的性命為至要，沒有他，一切愛的鏈結都斷裂，當她看到阿健的屍體，第一件事就是搓他的腳，許多人阻止她，但她緊抱屍身不放，早已冰涼的身體怎麼搓都不再回溫，當親友要把他放進冰櫃，小都哭喊著：「不要，他會很冷的。」十五歲的永完全能體會母親的心，然而小都昏倒，喪事被親友快速移交給禮儀社處理，小都錯過決定時機，成為她一生的遺憾，小都親手料理公公婆婆的喪事，卻沒能安置丈夫的死亡。自從《送行者》日本電影在臺灣熱播，殯葬業受到衝擊，紛紛轉向成為禮儀公司，許多年輕人投入此一新行業，他們身穿黑套裝，並挑選長相略似男主角本木雅弘的年輕男子為禮儀師，以尊重死者為前提，用一套較肅穆、潔淨的方式處理大體。通常大體回家後，先以黃布蓋住使用專用清洗機潔淨死者，在禮儀師的指揮下，葬禮像一首光明且祥和的樂曲般演奏著，小都注意著每個小節深有感觸，以前的葬禮太陰暗了，通常由一個年長親族女性洗身更衣，由土公與師公執行一切禮儀。小都記得爺爺奶奶的葬禮，當土工背爺爺奶奶下樓，所有人哭得滿地跪爬，還有人撞棺昏倒，那土公的臉像朽掉發灰的番薯，眼睛白濁陰邪，跟鬼一樣恐怖，師公則讓人聯想到殭屍，棺木的造型尤其可怕，從小她就怕棺材店，南部家鄉有同學家開棺材店，沒人敢接近他，小都經過他家門口都要閉上眼睛快速跑過。

現在的禮儀公司不一樣了，棺木西化，就像個漂亮的方盒子，裡棉襯裏以綾羅綢緞，並加厚墊，也不許再丟一些遺物進去，清清爽爽，上有玻璃罩，下有冷凍設備，這些對大體的尊重體貼，讓哀家屬心靈也得到療癒，所謂禮，就該節制與轉移，發乎情，止乎禮，禮儀是情感的轉移歸屬，這才真是有仁心的禮。她能做的就是守靈誦經，如果是以前她應該是撞棺的人，但她不想震動阿健，她要他安詳地走，她相信他會再轉世，與她結為夫妻。

在頭七那夜，相傳死者會回來探望家人，小都與永守靈時特別警醒，並在門口放一盆灰，聽說如果死者回來將留下腳印。停靈在一樓通鋪，這是他們最愛的地方，也是充滿愛的記憶之處，阿健躺在這裡應該很安心罷，小都與永如此想著，跪坐在靈前小聲交談：

「他去了哪裡？我覺得他已經不在了。」小都像自言自語。

「應該是不在軀殼中，他的臉變得不是他。」

「那麼死後有靈都是騙人的嗎？」

「人也是物質構成的，死亡是瓦解與腐壞的過程。我痛恨死亡，我要站在對立面與它對抗。」永像大人一般說。

「不，我一直覺得，死亡也是生命的一部分，結束的部分，我們不能只愛前面的部分，排斥結束的部分。」小都把藏在內心許久的話說出來。

「媽，我覺得你很有想法耶！以前都不知道。」

「哎，我是過時的人，帶著過時的思想，我相信死後有靈，轉世與神蹟。你的父親與你對我來說就是神蹟。你父親是我爺爺的再生，而你是我老師的轉世。」

「爺爺與你老師是怎樣的人？」

「爺爺是懂得愛的人，他教我『仁』這個字，它是生者之愛，也是死者之愛，以一人之心愛千人就是仁，能與死者相伴，思憶死者也是仁。老師是個哲人，也是奇人，他教我『恩慈成聖，恩愛成痴』，人活著要追求恩愛，如求不到恩愛就追求恩慈。」

「你從來沒對我說過這些，這些對我太重要了。你記得爺爺死的時候，我一直靠在棺木邊看他，以及看墓穴的事嗎？那是我第一次看見死亡，爺爺彌留的那兩天，我一直陪在他身旁，他變得陌生而痛苦，他在掙扎，一直吐著氣，吐了兩天才吐完最後一口氣，原來死是這麼困難與漫長，我想理解它，只是當時太小，不知怎麼表達，但這個問題一直存在我腦裡，我想正視它，拆解它。」

「你是個神奇的孩子！我當然都記得。」小都又哭了。

「而父親，他死後似乎有感，當我們趕到時，他的眼睛流出血，手慢慢張開，他還有意識，肉體死亡後，意識還清醒，父親的意志力這麼強，他的意識還停留在某處吧！我看著他的臉，有如生時，好像只是睡著一樣。」

「我恨自己當時昏倒，沒能親自幫他清洗更衣，想到這裡心好痛。以他的意志力，意識能停留的時間更久，而我卻……」小都的眼淚如泉湧。

「這麼說，死亡並不是結束。」

那一夜母子對話，影響永至深，快天亮時，母子一起去看門前的灰盆，並沒有什麼走過的痕跡，親族的解釋是因為怕驚嚇所愛的人，故而不留痕跡。

送完阿健，小都才要面對殘酷的現實，多年來的經濟由阿健一肩挑，他自己沒什麼花費，給家人都是最好的，因此積蓄不多，他們最值錢的只有現在住的房子，她是絕對不會賣的，這是阿健一手打造的家，房子就是阿健，阿健就是家。

為了讓他們的生活水準不下降，小都做過安親班老師、超商櫃員、百貨公司櫃員、開店賣衣服……但都做不久，她想當禮儀師，這個願望存放在心裡，卻沒勇氣實現。一直到與永一番長談，小都才說出她的想法，當時永已十八歲，在臺大哲學系讀大二，他已出兩本詩集，一本哲學小書談死亡，他談死亡的大結構並企圖建立新的死亡學，其中有些是小都給他的靈感，有些是他思索多年的結果，以紀傑克《傾斜觀看》為出發：「那些消逝之物不停的返回生者的生命中，是因為他們並沒有舉行適當的葬禮，他們回來，索求未償還的象徵債務，葬禮暗示著某種和解、接受缺憾，在此之前，我們會被『活屍者』持續跟蹤。」他更進一步提出——「面對死亡才能拆解死亡，死亡是生命的一部分，應當找回死者之愛，這才是仁（愛生亦愛死）的表現。」「你只能死兩次，一次是生理的死亡，一次是被生者注視的葬禮。」雖然只有一百頁，卻引起廣大討論。因這本著作得到獎學金，正準備申請到美國讀大學，他就要離開母親，對母親的未來感到憂心：

「我不想去美國了，我放不下你。」

「有獎學金，很難得的機會，我會很好的，只要在這房子裡，我就覺得你們還在我身邊。」

「你這麼美，還這麼年輕，應該再找個……」

「不，我不會再結婚，你知道的。」

「那要找些事做，我會盡快念完，聽說可以當TA，還可跳過碩士直接攻讀博士，明年就能寄錢回來。不要去做那些你沒興趣的工作，浪費生命。」

「我想做的事我沒勇氣去做。」

「讓我猜猜，搞不好也是我想做的喔！」

「都說母子連心，你根本是我的心，說！」

「爸爸的葬禮，我一直注意一切，包括你的神情與反應，你想為死者服務。」

「對，對我來說那是恩愛的延續。」

「老派沒有錯，恩愛雖是個老名詞，恩愛的延續用在這裡卻很恰當。更準確地說是恩慈，將恩愛轉為恩慈。」

「那，你不反對。」

「怎會？我支持。」

就這樣小都進禮儀公司上班，她不選大公司，因為太商業化，所有的禮儀項目化為菜單，什麼念經幾千、甕幾萬、陣頭幾萬的，又分為大組小組，A套餐B套餐，這是對死者另一種不敬。她選擇的是小公司，還尊重一些傳統禮儀，在這樣只有三五人的公司，什麼都要做，雖然穿的是黑色套裝，小都從洗身更衣做起，為了方便起見，她穿黑衣黑長褲，動作更方便。洗身時套著防水圍兜，與防水手套，將大體放在自動清洗槽，她總是用溫水先搓搓死者的腳，然後是手，水柱清洗著還未僵硬的屍身，手腳要快，頭髮也要洗，然後是腋下胯下，洗乾淨後換上衣服，這時通常有化妝師來做最後儀容整理，禮儀師在最裡面做著手勢指揮，其他跑腿的助理穿著黑色套裝，他們通常年紀很輕，二十出頭，高中生、科大肄業生都有，他們都叫小都姊姊。

小都在這裡的資歷越來越深，洗過無數大體，有些臥病多年的老死者，皮膚各種顏色都有，打太多胰島素的呈橘色，吃降血壓藥的為藍色，吃安眠藥與心肌梗塞者泛綠色，漸漸地她都可讀出他們的疾病史與生命史。那些年輕早夭的人都有晶瑩透明的肌膚，可因為夭亡不孝，通常只能孤獨地停在家外頭，在比那還冰冷的地方，通常是火葬場附設的停屍間，狹小而黑暗。年輕的死者有著特別決絕的僵硬與孤寒，肌膚更是冰冷，當她搓著他們的腳板時特別想流淚，但她必須忍住淚水，聽說淚水滴落大體，會讓死者捨不得離去，她對這樣的孩子特別溫柔，照顧得更細微。如果遇到跟阿健同齡或是狀況差不多的，她處理得更細緻，錯過阿健的死後照料，令她的遺憾感越來越深，只有透過一次又一次的清洗與更衣彌補一切。她在這行的特殊性很快傳開來，許多人要求她做最後的照顧者，並稱她是「中陰天使」，公司原本要晉升她為禮儀師，打破男性才有說服力的刻板印象，然而小都不肯，她只願做大體照顧者。

長期面對死者，其實對身體很不好，大多數的死者臨終帶著恐懼、怨恨、不甘等負能量，接觸越多生理心理都受強烈衝擊，小都很快地頭髮發白，病痛不斷，她雖堅強也很難抵抗，然而，有時接觸的是帶著安寧與超脫的有德者，死亡散發出異樣的馨香，與帶著音樂的喜悅，這便是她最好的治療與提升，她的身體再也不讓她痛苦，而這種喜悅常能維持很久很久。

大多的時刻，她的心靈是平靜的，日子也算充實，只是有一天梳頭，稍一用力，一大把頭髮脫落，白如雪絲。

永

永在識字前喜歡畫圖，畫的都是火車，他可以靜靜畫上大半天，一般人的第一張圖大多是人，爸媽或自己，他從不畫人，只畫火車。一直到識字就只喜歡寫字，三歲識字，六歲寫詩，小都怕他太自閉，送他去學圍棋與跆拳道。還好他還有兩個教父一個教母，五海是他的世界語與靈魂學引領者，胡漣長期與他用英文通信，謝易則是他的圍棋老師。剛開始他只是跟著謝易在棋院玩，或看人下，開始下棋後他跟大他幾歲的下，一直贏棋後，謝易教他下，並跟著他轉戰各種棋賽，整個小學到國中常常到國外比賽，長相清秀的臉常出現在媒體中，被稱為「圍棋神童」，為此常要請假出國。高中時，他的興趣轉向哲學與詩，他想著如此一直下去，他的學業會中輟，而他想當哲學家，不想一輩子賽棋，所有的比賽因而中止。過往的棋賽獎金已累積一大筆錢，足夠養活母親與他自己，不比賽他也就少去棋院，不與人對奕，他的個性還像棋手，隨時精算，還可以在腦海中跟自己下。以前比賽時期，得以長時間觀察對手，這時心戰很重要，棋手很會察言觀色，與人交談必須擅長表達自己的感情與感覺，他從跟同年的小孩下，到與成人下棋，甚或與老師或老年人下棋，從本地賽到臺北，從臺北賽到日本、韓國、大陸，他開始喜歡聽人講話，對不同年紀的人都能交心。或許是本真的熱情，他的臉雖沒表情，也很少出聲，卻能牽動許多人，他的靜默有一種令人專注於他的力量，他喜歡那如太空般的靜寂。那是他不容被侵犯的世界，出了那個世界，他有自己溝通的方式，與人沒有隔閡，許多人被他的安靜吸引，所有人都包容他簇擁著他，只有愛上純，讓他下到死棋。

剛讀哲學系時，愛上寫詩的純，純長得像小丸子，不笑時看來像十歲，笑時只剩一歲，她是虔誠的佛教徒，很早就決定大學畢業去念佛學院，同時皈依。沒有人敢追純，可到哪裡都會帶著她，她像是瀕臨絕種的保護動物，因過於純潔被大家保護著。有一次迎新在某家餐廳，不知誰點了酒，大家喝得很瘋，永與純都醉了，在有點陰暗的角落永吻了純，那一個吻卻成為他們之間的一道牆。

不管怎麼約她，純都不再見永。永追得越凶，純就越想早點出家。像永這樣懂得愛與滿腔熱情的人，碰上冷淡如水的純，於他而言是嚴酷挑戰，越嚴酷越激起他的鬥志，純為什麼那麼想出家呢？她是在大陸出生的臺灣人，父母離異，她跟著母親長大，從小就有類風濕關節炎與乾燥症二合一自體免疫疾病，發作時無法行走自然也不能上課，然而成績一直維持在前段，只是每到考試就會發作，越大的考試越嚴重，因此念的學校越來越差，在高中升大學的會考中，她忘了帶准考證，以致沒學校可念，父親要她回臺灣念大學，對她來說等於放逐。離開母親讓她慌張失措，剛到臺灣生活一切都不適應，有人帶她參加佛學團，每天聽經打坐，覺得快樂極了，身體也變好，疼痛的時間變短，打坐打通氣血，坐上一小時覺得舒暢，禪師說打坐時只管打坐，「如扇撲羽」，她才坐第一次就有感覺，等到呼吸越來越細，腦門熱熱的，抹去一切雜念，身體也像羽毛輕飄飄的。像她這樣的破罐子，只能裝載佛法，她就是空性的寫照，沒有家，沒有記憶，沒有知識障，沒有太多慾望，有人形容佛法是張被子，她躺在佛堂中蓋著這被子，第一次有家的感覺。

她在反對死刑運動中寫了一首詩，她並非社會運動型，只是佛的戒律以不殺生為出發點，因此反對死刑，沒想到吸引同樣寫詩的永：

〈六發〉

探照燈打出毒日光影
腳鏈刮著玻璃碎裂聲
失魂隊伍有點模糊

踏上死亡之丘
所有人都閉上眼
背部不覺佝僂
皮膚變得緊縮
即將面臨的殺戮
沙子將掩蓋血跡
還有蓋不住的

沒有人哭出聲連喘氣都過吵
來一支菸吧酒就不必了
堅持清醒地死著
怕還是怕的
一號腿軟二號昏厥三號僵直沒表情
四號說給我打藥五號六號喃喃念經

死了一個八歲女孩之後

死亡瘟疫加速蔓延
未完成的春夢或其他必須馬上終結
幹這一切與我何干

最後一刻想什麼呢
那個類似的凌晨
在暗巷中稱王
藉著酒意大幹一架
「乎伊死！」
「乎你死！」
背後中槍
倒在街邊裝死
敵友都走光
道路是無盡的黑與冷
意識有一瞬清涼
是死亡接近的那個點吧

那時候想的
跟事實完全兩樣

必須承認敢不敢殺人是條界限
當子彈穿過對方的胸膛
心室也有什麼被炸開
跨過陰陽線
視界皆改變
鮮血浸濕靈魂
魑魅編織亂夢
與魔鬼下棋必缺一子
第七封印揭開之際
誰能忍受天地沉默的半小時

槍彈不是每顆都剛直
大多偏斜

執法者手在顫抖
射了六發
四號才咽氣
聽說刷新紀錄

寫詩的純完全不像什麼都不知道的小丸子，更像是老江湖，她腦袋到底長成什麼樣子？一半是老人一半是孩童，永十分好奇，甚至也跟她一起報名法鼓山的禪七活動，那七天中因為禁語，男眾與女眾住的地方很遙遠，他們只以眼神交會過一次，在某次用餐後洗碗筷，永在成千男女中找到正在洗碗筷的純，並交給她一首詩，那天的飯後水果是柿子，禪寺附近果園長滿紅柿，像垂掛的小燈籠般，都是愛的光輝，好像是為他而生：

〈柿言〉

聽說這柿子已然老去
白髮成積雪
長久的冰凍成為巫蠱

泡成一杯楓露
治療因愛而生的氣喘

誓言經過陽光過度曝曬而萎縮
南風莫來
濕度保持六十
第四天捏成薑餅
過多的語言蒸發
慾念乾枯如飄蓬
輾轉一生
第七日再生為神人
永無肋骨之疼

愛情之為物
不過是等待東北季風的風乾
完成曼陀羅圖形

持續中毒
然後甜美的死亡

主持禪七的法師說可以用紙條問問題，純故意要挫挫永，交了他寫的詩，法師說他不懂新詩，但從字裡行間可以看出執念太重，應該放掉自我，證悟空性，永沒想到純如此戲弄他，他也快速抄寫了一個紙條，那是純的〈六發〉，法師說了這詩雖然以反對殺生的觀念出發反對死刑，然死刑是由外而內的，法律是最低限度的道德，而戒律是由內而外的，因悲心而不忍死去的動物，兩者應有不同。法師說出永想說的話，他從遠處看純笑得很開心，被法師批評她更快樂，她有種學徒的精神，永遠都需要上課。永覺得純只是過於感性與軟弱，故而抓住宗教這救生圈。

永為了她吃素與抄佛經送她，但要他成為佛教徒，那違背他的信念。就算當佛教徒也只能是共修，或師兄妹，這不是他要的，他要當哲學家，用詩跟純玩一輩子哲學，這是另一盤更難下的棋，過去的棋不管是否完勝，都是「未生」（未成）；現在他要下一盤「完生」（完成）的棋，他是個出奇制勝的棋手，而且一手無退，他永遠記得這點。純是很早抱定不結婚的打算。她不是沒談過戀愛，也是剛來臺灣時，她跟一個基督教徒在一起，男孩各種條件都很好，對女人有控制慾，她做什麼或跟其他人交談都要管，更讓她受不了的是檢查她的電腦信箱與手機，兩人幾乎常在吵架，最後他還是跟其他女孩在一起，她經歷過如在煉獄中的痛苦，在病痛一再發作時，那男孩總是逃避，更讓她心寒，從此把自己的心與慾望封鎖。性這件事對她來說就像是上了枷鎖般被五馬分屍，在情慾中的臉不是猙獰就是痛苦，人的身體就是枷具，她看見另一個自己飄在天花板上看這如地獄變般的圖像，了斷這感情之後沒有情慾的捆綁，清清爽爽，這種自在讓她更自在，那場短暫的戀情，她已忘記，也不想再回顧，只留下一首詩：

〈我們的病越來越頑劣〉

我們的病越來越頑劣
自我免疫系統瓦解
細胞攻打自己
孤獨是疾病最頑劣的一種
紅斑狼瘡在兩頰開花
水泡在手臂刺青
皮蛇穿越腰間

腺體凋謝
大海乾枯後的清晨無法下床
四腳爬行或臥倒前進
指尖長出紫色仙人掌
鐵製關節發出落鏈聲
找一口水喝這麼難
爬著爬著滾下樓梯

我們的病越來越頑劣
失戀後的苦苦相逼
是不斷被抽血的概念
需要一條橡皮筋
勒住手腕止血
或拴緊你的脖子
就算去死也得不到一滴眼淚
他套著新人的脖子

對口呼吸

我們的病越來越頑劣
總在下雨時想找人說話
想說的與流失的
成為哽咽的河流
踏上失衡的船板
誰來扶起傾斜的肩膀
請載我去河流彎曲處靠岸
沙洲上或有鳥棲
卻杳無人跡
月亮是正圓形淡金黃
那是好久好久以前的夢境
遭到嘲笑的古典主義
抨擊你對著玻璃帷幕外的城市
唱著萬家燈火

繼續這麼病下去
靠搬運記憶存活
直到乾枯的嘴想流淚
脊椎僵直如鹽柱
河流變成沙
沙結成珍珠
至少還有蚌的呼吸

整個大學四年，純都躲著永，她可躲的道場與寺廟可多了，有幾次永被擋在廟門口，他一直揹著廟門：「不要出家，至少等我死後才出家。」又有好幾次永堵著純質問：

「為什麼對我這麼殘酷，我是這麼愛你！」

「不，那不是愛，那是控制。你是我見過最可怕的愛的法西斯。」

「我不會放過你，絕不放過！」

永因此暴瘦十公斤，就差沒自殺，他反對自殺，而且他不能讓母親傷心，那時起，純補英文準備到英國讀書，永以為她不出家了，為此高興很久，抱定無論她到哪就跟到哪。

在畢業謝師宴上，大家問她：

「小丸子，什麼時候出國？」

「你們是在問我什麼時候出家嗎？」

「你到底是要出家還是要出國？」

「有什麼兩樣，我出國就是為了出家。」

「你不是去英國念博物館學嗎？不打算進故宮？」

「禪寺要蓋博物館，需要這方面的人才，就是一回事啊！」

大家因為這句話而沉默，永寒著臉先走了，花一夜搜尋英國大學，以及她將去的學校，在倫敦郊區的二流學校，還是自費，英語這麼破還敢去英國，應該是先念語言學校，他決定不去美國，改去英國。他們以詩交會，交織著四方十世的空無，這麼玄虛的愛很難落實在人間，但他是個棋手，最知道玄虛之戰，黑子白子圍棋都是象徵物，跟詩有相通之處，不同的是詩人的勝負慾不很關鍵，棋手的求勝慾望必須非常強烈，否則必輸無疑，然而棋手會將這強烈的慾望壓抑下來，不讓對手猜透心思，雙方看到的都像白子黑子那樣空白冷靜的臉，只要洩露情緒必輸無疑。在愛情上也許不適用，但他常在險中求勝，或者起死回生，沒有下到最後是不會放棄的。

英國很潮濕，最不適合像純這種類風濕關節炎患者，倫敦這麼大，永申請跟純同一個學校的哲學研究所，以他的傑出成績拿到全額獎學金，還有助教職位與薪水。他這麼安排就是想要照顧純。在那個人生地不熟的地方，臺灣學生不過十多個，他也不急著找她，那麼小的圈子，她的生活細節都會一一進入他的耳中。女孩子們假日喜歡進城逛街，喝那貴死人的下午茶，花三十英鎊只為吃麗茲酒店的三明治，限時一個半鐘頭，三個女生可以吃掉五籃點心，吃素的純在那裡只能吃甜點，裝一肚子高熱量與紅茶，然後去吹那會令人得肺炎的陰濕海風，回來後病就發作了，剛開始同住的女生還願照顧她，久了就生出許多藉口。她們是七月到的，還不過是第一個聖誕長假，跟她住一起的女生回臺灣的回臺灣，其餘到蘇格蘭、愛爾蘭度假，只留下病得下不了床的純。

他花了許多時間研究免疫系統疾病，尤其是類風濕關節炎，患者時好時壞，好的時候跟正常人無異，壞的時候情緒與疼痛惡性循環，常會導致精神崩潰。純年紀很小時就病發，會不會因此更早地感受人生痛苦的本質，因而投向宗教？宗教確實讓她忘記自己的痛，這種病亦叫「美人病」或「富貴病」，得病的女性通常美麗，外表看不出有病，也許美麗帶來的負荷會讓免疫系統崩潰，細胞逆轉後，體力劇衰，不能累也不能吃不好，要睡得很飽，吃得很好，心情不受刺激，運動更是需要，如能常洗SPA，泡浴那是最好。一般人哪過得起這種生活，怪不得她選擇出家，佛門的生活雖清簡，然規律、心情平靜，現在吃素還更健康，至於泡浴，那除非住在溫泉地帶。永訂了離倫敦兩百公里的溫泉古蹟小鎮民宿，然後才去敲純的門，這是來英國快五個月之後的聖誕節前夕。

當永出現在純的住宿房門，純已經躺在床上兩天一夜沒吃沒喝，關節越來越疼，指尖發紫，嘴巴乾得像在沙漠中兩天沒喝水，她想著這下子不是乾死就是餓死，除了剛病發那兩年常要住院，十幾年了，還沒這麼嚴重過，她以為英國較濕，適合她乾燥的體質，沒想到濕冷對關節的殺傷力這麼大，那裡好像裝了有刺的鐵球，而且越來越大越來越重，她曾想過滾下床，到桌子那邊喝口水，現在她的身體僵硬如死，只剩下疼痛，然後她聽見永的聲音。

「純，是我，永。」純想哭，眼睛因缺水早已乾枯。

「我可以進去嗎？」

「……門口花盆有備用鑰匙。」她又想哭，拚命眨眼睛，經過一段時間的分別，而她知道他在這裡，卻一直沒來找她，原先覺得這樣很好，日子久了，心裡不免有些嗔怪與懷疑，看來她不是完全不在意他。

永開門進來，帶了礦泉水與熱水袋還有一些食物，將熱水袋放在純膝蓋之間，然後讓她喝水，接著將鮮奶加熱放許多巧克力粉加熱調成濃巧克力奶，配上梨子果醬三明治，純吃飽後想睡，他搓她冰冷的腳，一直到她睡著，這時的永簡直就像小都，他搓著純的腳恐怕有一小時，直到腳有暖意，再把食物放進冰箱中，然後看書等純醒來。純整整睡了十五個小時，他在沙發椅上睡了幾小時，然後打開電腦打報告。等純醒來，永將浴缸放滿熱水，抱著她到浴室，幫她解下睡衣，只穿內衣褲放進水中，泡澡水放了玫瑰精油，大約泡一小時，純的疼痛已緩解，可以穿衣行走，精神也不錯。出來時，看永已做好素的蛋炒飯與青菜炒煎豆腐，她想念的臺灣素食呦！

這樣休養三天，純已恢復元氣，兩人到巴斯玩了三天，這個溫泉小鎮是珍．奧絲汀故居，整座城都是喬治亞風格的典雅建築，宏偉中又充滿細節，這裡有許多糖果店與點心店，有一種圓麵包最有名，吃來較像蛋糕，這些食物讓她血氣飽滿，兩頰有了血色，那些可愛的小店讓她坐上一天都不膩，她可以一直點一直吃永無止盡，好食物讓人快樂，還有古羅馬式的溫泉，當她泡在溫泉中，覺得身體快開成一朵花，內心卻有一些失落與悲傷——她的心靈要求做苦行僧，她的身體卻在渴求享樂。

以前她只聽心靈的聲音，現在身體強迫她聽它說話。自古以來，泡澡就是一種療法，她怕裸露身體，或看見自己的裸體，但在水池中，她覺得原來的我出走，新的我走進體內。

那一年中，他們跑了許多歐洲溫泉名勝，如 Freiburg im Breisgau（Freiburg）附近的 Bad Krozingen 是黑森林區極出名的溫泉，有游泳池、噴泉池、按摩池……大都是男女共浴，人人皆裸體，純自然也接受自己的身體，當她與永在那總共有十七道程序，認真走完需要二小時的古羅馬的泡澡，好像回到太古時期的男女，在大自然的瀑布前裸身相見。那也是永第一次下澡池，之前她泡澡他就留在房間看書，他知道純不願讓他看見她的身體，可是當泡澡成為常態，裸體也成習慣。她的身體漸漸背離她的心靈。是她邀請永共浴，剛開始他們各據一方，不敢看彼此，漸漸的，他們越走越近。

第二天純就消失了，只留下一張空白的書信，從此永再也找不到純。那段想死的日子他與師父謝易常在網上聊天，謝易要他放掉一切，像個棋手般認輸，而且是有風度地下場。

「我做錯了什麼？我還沒輸，一局輸了，還有下一局，總不會都是輸吧？」

「你覺得我棋下得如何？」

「沒話說。」

「那我的感情如何？」

「很慘。但你是你，我是我。」

「你是比我好看許多，是許多女孩喜歡的型，但為什麼是純？純不適合你。」

「因為那個吻，彷彿是命定。」

「你也相信命定？」

「我相信永劫回歸與完生。不是你教我要『一手不退』，棋手要下到最後才算完生。」

「永，你聽我說，完生從未生而來，然而並非所有未生都能成為完生，未生才是要堅持的，永遠沒有真正的完生。你只記得『一手不退』，卻忘了『逢危須棄』；而且尼采的話不能用在愛情上，我是愛情白痴，已經放棄去愛女人，沒資格說什麼。但胡漣說過，愛只能讓它自己發生。」

永跟謝易討論幾天幾夜終於願意認輸，但不願放棄純，他願停止一切策略，現在他知道愛不是下棋，愛無法設計與謀劃，只有等待，讓愛自己上門。

番外篇：那開滿百合的山谷

妹妹發現癌症前，有一段時間變得很瘦很美，臉上卻長了很明顯的斑。免疫系統的病症，大多是你過了長久違反本性的艱苦生活，體質逆轉；飲食加速它的成長，妹妹喜歡吃糕點麵包還有香腸。她的長相集合父系與母系的優點，體質卻結合父系母系的缺點。她是我們家最好動的女孩，而且有過動傾向，有點閱讀障礙，看到字就頭昏，但她是我們家重點培育的小孩，她的才華在另一邊，數理不錯想當醫生，我想她會是個不錯的外科醫生，她外向且勇敢，有當明星的條件，也曾經擁有自己的舞臺，為了家，她犧牲了這些，犧牲久了不會被發覺，好像是自然，其實不然，連自己也不知道殺傷力有這麼大。她從不去聽音樂會或舞蹈表演，她說：「聽了看了會刺心！」

為什麼大多數人選擇犧牲他人，有些人選擇犧牲自己呢？在鄉下，每到國中畢業典禮，就有一輛遊覽車停在校門口，那些剛拿到畢業證書的原民女孩，還穿著白衣藍裙就被載到酒店或其他聲色場所，她們只要做幾年就會回鄉將老家蓋成大房子，她們是自願還是被迫的？那也是自我犧牲的一種嗎？

聽說真正的犧牲來自上帝的召喚，我從未遇見過祂，祂也從未召喚我。可能是這樣我總在犧牲別人，當我知道腦啡不正常時，只有等著被愛，尤其那些自稱對我一見鍾情的人，像我這樣貌不驚人，只有騙子或色鬼會說出這種謊言，我以為那就是愛了，那明明不是愛，是相互利用。相較之下，第一次自發的鍾情，還是較純粹的。

如何學會犧牲，追求聖杯，聽說那道路很長，被稱為「耶穌的小花」的德蘭修女，很早便想把自己完全獻出去，但她過於固執且敏感，內心常在衝突與受苦中，而且生著奇怪的病，十歲那年，她藉著「得勝聖母像」顯靈治癒她的奇疾。一八八六年聖誕夜，她感到獲得天主的特殊恩寵，身體與內在完全痊癒。記得鎮裡也有個小德蘭，她是小兒麻痺患者，她家好幾代信奉主，也許平埔與原民是耶穌的虔信者，而且山中多聖徒，她聽到主的召喚，去當修女，沒多久她由不能行走，竟能站起來行走，她自身就是個神蹟，因此召來許多信徒。

小鎮中以佛道信仰為主，然空氣中飄著百合香氣，那些自願犧牲的人具有聖徒的本質，然被迫的犧牲常會有巨大的反噬力量，如那些被迫犧牲的小媳婦，她們心中累積的怨恨，可以再逼迫好幾人犧牲。祖母給人作小，遭受虐待與凌辱，她的血海深仇加到父親與我身上，分清敵我是復仇者的策略，可惜她弄錯了，沒有真正的敵人，最後奉養她的是父親與母親，而我為她送終。

妹妹的犧牲也是非自願罷？每當提到放棄普通大學她總會黯然落淚，她如果選擇一般大學，也許嫁給初戀的那個男人，然後做富少奶奶，而且嫁在家附近，天天回娘家，好像只是出去逛個夜市就回家了，她可以繼續彈琴跳舞，也許成為鋼琴家或舞蹈家，擁有自己的舞臺，那樣的她會快樂一些，找到真正的幸福嗎？

妹妹很小的時候就與我們不同，許多大人的事她搶著做，母親生弟弟時，她天天為母親送飯，那時她才五歲，路都走不穩，她端著食盤進去母親房間，然後再把空的碗盤端出來，因為吃醋，我們叫她「狗腿」，並孤立她。每次姊妹打架，都把門鎖住，不讓她進來，怕她告狀，她一直敲門，她想進來，不是想打架，而是藉此阻止我們打架。

她只比弟弟大五歲，卻像小母親，為他燙那一百件名牌襯衫，在臥室旁的燙衣間，她穿著圍裙，浴巾包著頭，一面灑水一面燙衣，那形容略近聖母像，也許在那時她已準備好要犧牲自我。

家裡不知為什麼有本聖經，我們都讀了，沒用，妹妹是否偷偷讀走了？並走到百合盛開的水深之處？

那本聖經也許來自鎮上的教堂，它立在小鎮的邊緣地區，緊臨一條溪，教堂不大，教徒相當多，在某段時期，許多人聚集在這裡，剛開始是領奶粉與美國救濟衣，我也領到一件白色的滾有許多蕾絲的薄棉衣，小圓領直統長到小腿，裙尾是荷葉狀，有維多利亞的風格，穿上那件衣服，覺得靈魂掛在身上，且有千手千眼。等大家不需要奶粉與救濟衣，有一些真正的信徒走到上帝面前，跪下祈禱並領了聖體，上主日學，而修女帶著妹妹一起唱聖歌，就是在教堂的舞臺上，她表演芭蕾，美得像百合盛開，我們都不由自主往水深之處走，以致水淹至胸口還不自知。

小時候我常讀著這些怪書，大約知道聖女是被挑選過的，我是被淘汰那個。她一定偷偷讀了，一定，然後如同小德蘭是某天在山谷中行走，聽見上帝的召喚。那幾乎是天生稟賦，很難說得明白。妹妹是在生病後信奉了主，她聽見上帝的召喚了嗎？現在她戴著十字架項鍊，家中擺著聖母像與玫瑰念珠，到教堂望彌撒，並在教徒墓園中買了墓地，塵歸塵土歸土，她跟我們走不一樣的道路。

現在她每隔一段時間自己搭高鐵，到和信回診，化療後她理了光頭，和我睡在床上，我送她的鑲有寶石的喬治傑生戒指，化療後戒指都變黑。妹妹在化學毒素與放射線中，變得更加憔悴。曾有的美貌已消失，一個人能美個二十年就算萬幸，妹妹最光輝的只有十年，僅僅我記住不夠，我希望白也永遠記住。

白讓我從蟬殼走出，想去愛，想表達，光這點已足夠。

近三十年未聯繫，白聽說妹妹生病想找她，妹妹因病躲起來不見人，他姊姊寫信給我，我回信提到妹妹的近況，某次白回國在我臉書留言，很明顯地他沒使用臉書，使用別人的帳號，在不相關的貼文及七嘴八舌中，留了一句「我是白，回來馬上要走了。」這是我們唯一的一句文字，依然是擠在一堆人中沒有交集。

跟白再聯繫上，我以為我已忘記，但似乎沒有，看到他被親戚貼在臉書的照片，樣子沒變太多。白的家人想見妹妹，當我跟妹妹踏進白的老家，白在國外，很少回國，父母也已亡故，這老屋是長期臥病者的空間，沙發與床並列，桌上瓶瓶罐罐，還有正對著病床的大電視，老醫生過世了，一個死者剛離開不久像墓穴一樣的空間。

我們的父母都已亡故，自己也已老病，或者不久就要死了，我想知道白有沒有喜歡過妹妹，為什麼沒在一起，還有沒有在一起的可能。我們早已回不去了，但是還是想聽他怎麼說。妹妹是早已放棄她的人生，或許她沒喜歡過白，但我總覺得欠她許多，或者我們都欠她許多。

歲月將我們變成平凡人，她一定無法記起我咬過她，她知道自己曾有的美貌嗎？那來得過早的美，讓人在嬰幼兒時期變成人精，在任何時刻都會被驚嚇的姿容，在少女時期靜靜被掩埋，許多人以美貌獲得許多特權或聲名或豪門，妹妹的美是個啞巴歌手，歌只唱給自己聽，它沒帶來什麼特權、聲名或豪門，只留在我心底，它曾震撼我，是否同樣震撼過白呢？

魂魄老

剛坐定，隔座有人叫胡漣，那張臉有點熟悉，熟到讓她的臉發熱，好像忽然朝她駛來的時光火車，衰老毀壞發出殘破尖銳的叫聲，他的頭髮與鬍碴都花白了，她自己頭髮剛冒出一批白髮，一臉滄桑也夠嚇人，如果他是她的老友，怕也要破五十了。他的嘴巴微張，像就要說出話來，臉上暴露的驚嚇度不亞於她，胡漣知道他想說什麼，「那個到處睡權貴的女人比王曉慶還凍齡，染過的頭髮黑烏烏的，還長髮披肩裝什麼少女，做過雷射拉皮的臉緊得像蠟像，招牌的韓式小眼整過大三倍，鼻子如埃及豔后，不但不老還變成另一個人，只有嘴巴與臉型沒變，就是那種很容易辨識的三角臉，還是有點猴樣」，他一定是H，他那張尖酸刻薄的嘴一定想像連珠砲一樣發射，但他沒有，不是他變厚道了，而是變老，老了膽子也變小了，他剛要認出她就花了好多時間，她肯定。

破五十，沒想到他們老得這麼快，記者的黃金時期在三、四十，過了四十沒當上總編、副總編，就會被擺在一邊涼快，或逼你退休，許多人像狗一樣被趕走，領個兩三百萬自行了結，轉行做生意通常會失敗，豬朋狗友白吃白喝的很多，有碩士學位的混個教職、政職、民意代表，沒碩士學位的炒股票房地產當顧問，或者乾脆移民，記者跑新聞看來很強悍，在現實中只剩一張嘴，其他跟一般人沒兩樣。他現在在做什麼呢？或者說沒做什麼很久了，所以在非假日才有時間來咖啡廳看報？

他跟她談過戀愛嗎？或者交往過短時間？或者一夜情？或者只是一起跑過新聞？她換對象的速度太快，一夜情也不少，誰願意記住這些，最近她的記憶快速崩毀，年少時她常以自己的記憶力為傲，不要說過目不忘，連十年前聽過的話，看過的書都能一大段一大段背誦，記名字、重點更是迅速，前幾年還可背小說、背新聞稿，這幾年像走山般，所有的記憶錯置位移，記憶力似乎和視力幾乎連在一起，自從老眼昏花，腦袋好像破了個洞，所有的儲存漸漸漏失。

座位靠這麼近而無話可說實在尷尬，過沒幾分鐘，他低頭瞄一下A報，因為那份報紙，胡漣想起他是誰。他以前是A報的記者，雖是敵報，跑新聞的記者常泡在一家咖啡屋互探敵情兼寫稿，通常探不出敵情的，大家都一肚子鬼想搶獨家，既是獨家，就不可能通敵，裡面有夫妻檔，不同報卻跑同一條路線，有一次老婆搶到獨家瞞著丈夫，結果丈夫獨漏，被長官挨了一頓罵，兩人因此常常吵架，後來老婆換路線才好些，愛人同志都這樣，一般同行更是相忌。他們一起吃過幾次飯，後來他跟S結婚，他們結婚時，她也剛跟潘恩同居，因為房子是他介紹買下的，他先買她後買，兩家住對面，常一起吃飯、出遊，沒幾年，他先離婚，搬離那社區。那時的他長相秀美有股書卷氣，個子高大，S常抱怨他很好色又愛吃醋，她感覺炫耀的成分居多，夫妻在人前總是肉麻兮兮摟摟抱抱，花痴配色胚，比賽誰會劈腿，再好的感情幾年就玩完了。彷彿得傳染病，她不久也跟潘恩分手，那社區也有幾對跟著離婚，都說記者的婚姻難維持，沒有誰是誰非，但離開那社區就不想再看到任何鄰居，就這樣十幾年過去，他們都老了，只是沒想到他老時會變這麼醜，一口老菸槍的黃牙，長瓜子臉垮得走山，原來男人老也會變醜。

許多記者都一樣，在年輕時是人中豪傑，混沒幾年油水吃多了肚子變大身材走樣，男有女相，女有男相，獐牙鼠目滿身濁氣，社會是大染缸，新聞界更是開染坊的，記者愛笑政客有風塵味，一日接客終身洗不掉粉味，如果政客是長三，記者就是野雞，自以為是長三的野雞。

「你是H嗎？我們住過同一個社區。」胡漣忍不住開口問。

「我不是H。我們上過床，你忘記了，在紐約。兩天兩夜啊！」他的臉上幽微的笑，跟這樣的人上床一定很後悔，他後悔嗎？

「那你是……」

「五海。」

「五海？」胡漣實在一時想不起五海到底是誰，五海之前叫光男，腦海中浮現許多張臉，但最後都不是，在苦思中她眉頭皺得很緊。

兩個人的眼光閃躲，記憶卻在赤身纏鬥，五海跟這女人有過肌膚之親，還被甩過，這個女人跟許多人上床，她一定忘記他了，看她那尷尬的表情，眉毛都皺成一條線，他偏要利用她的弱勢折磨她，這是他近來的喜好，然而自從去年做完化療與放療，語言與記憶大壞，他喜歡考別人記憶，或摧毀之或錯亂之，只有透過這種折磨，他彷彿才能恢復往日威風。

「紐約……」

「是的，紐約。」他補一槍。

那一定是大學畢業，剛到紐約鬼混時，七〇年代的紐約很有趣且充滿活力，那時的蘇活區房租不貴，打工的咖啡廳走約二十分鐘就到，各式各樣的人集中在這裡，在街上走的多是年輕沒有錢的藝術家，他們各有各的風格，看不完的俊男美女，餐廳裡坐的是有點年紀有點錢的旅客或華爾街新貴，一路上許多人送飛吻，或跟你攀談，如果聊得到十句就可約吃飯、看電影，如果聊得到二十分鐘，已經趕不上打工時間就直接上床，大家都很放鬆、沒什麼負擔，那是真正的解放、真正的自由，紐約最美好的時光被她碰見了。上班也很開心，只要你放得開，小費就多到爆，打一個月工，足夠休息一個月，沒錢再找工作，一直到有一天一家中文報社徵人，去應徵的都是科班出身，他們的資歷都比她好，胡漣贏他們的就是膽大，口考官問她會不會什麼她都說會，最後問到攝影洗照片，其實她會拍照不會洗底片，硬說會，他丟一捲底片給她，胡漣進暗房後趕快打電話向朋友求救，在電話中照一個步驟一個步驟指導下她終於把照片沖洗出來，她太佩服自己了，一身狼狽的她送出照片後，主考官說她被錄取了。

那段時間最亂，那時她剛從迪克住的中西部小鎮逃走。認識迪克是在大四那年在唱片行打工時，有一天沒什麼客人，胡漣正在讀帶來的小說《包法利夫人》，一個帶著奇怪腔調的老外說著中文，想買一張唱片，她的英文剛足夠跟他談這筆生意，他的中文大概能談個戀愛，不需要談太多話的那種。他的眼睛盯著她不放，天啊他長得真帥，有點像詹姆士·狄恩，是她最喜歡的男星，沒看過把半套西裝穿得這麼好看的，他們站著講話直到她的所有的英文詞彙與他的中文詞彙用完，他一直說她說話好聽，又講了一堆有關那本小說的見解，間接讚美兩人的閱讀品味，他說的評論她幾乎聽不懂，但她知道那也是對她的讚美，當男人喜歡女人的身體就會先讚美她的品味或頭腦，讓女人自覺有頭腦與品味，暈陶陶上床才知上當。當所有的讚美說完了，他戀戀地走了，但她知道他一定會再來。

隔天他就來了，之後天天來，在漫長的談話中，知道他是美國某校大學的教授兼系主任，來臺灣客座一年，雖然不知他是否已婚，可是像他這樣年紀近四十條件好的男人怎會沒老婆，可能還帶來臺灣，想到他有老婆她的態度變得很冷淡，他似乎了解她的心意，主動說明他在分居中。第六天他們就上床了，他們瘋狂做愛，她喜歡他不斷喊她貝比，不斷用英文或法文說我愛你，修辭的力量如此驚人，愛情始於一個修辭，他說喜歡她的身體，皮膚像絲緞般柔細，她說臉呢？他說也喜歡，但因為不是第一時間說，覺得有點受傷，她多麼希望擁有像他一樣的湛藍眼睛、高鼻子、白皮膚。原來她的夢中情人就是像他一樣的白人，英俊、高大，成熟有地位，他好像把她的內裡、她的心都挖出來，她所嚮往的一切都在他身上。說她崇洋，那個時代的人哪個不崇洋？媚外倒不至於，西方男人心目中的東方女人就是長得這樣，不是蘇西黃的裡白外黃，就是日本女人的溫柔低下，他們覺得她像高貴的公主，把她捧得高高的，給她最好的一切。

在那段日子裡，他帶她去最高檔的飯店與餐廳，吃最貴的料理，天天送花，她的第一條鑽石項鍊就是他送的，她更希望是鑽石戒指。誰說美國人小氣，有錢的美國人就不同，他是長島長大的富裕家族，父親是有名的連鎖超商老闆，在紐約、波士頓有好幾間房子，他是真實存在的白馬王子，「這是真的，只有我能得到。」她不斷如此自我催眠。

甜蜜而熱烈的戀情隨著他即將離去而有一點焦慮，在不斷爭吵與討論中，他主張她到美國去，說會替她安排一切，是啊，大家都往美國跑，她是更有理由的那個。他幫她申請到他任教大學的獎學金，說好他先回去打點，生活上不用擔憂。等她到美國，住在他安排好的房子，用他的錢過好日子，也有人開車載她幫她打點一切，胡漣卻很難見到他。他現在是她讀的科系系主任，卻不要她選他的課，也不能直接到辦公室找他，電話只能是他打給她，如打給他一定被掛掉，日子變得很漫長，她能做的只是守在公寓等他，她的愛變成一個房間，應該說是一座監牢。而她那個分居的老婆隨時都可找他，看來關係還是很密切，他們都寵愛他們兩歲的女兒，辦公桌上放的還是全家福的照片，她像個小棄婦，腦袋壞掉的棄婦，是誰讓她陷入這不堪的處境，不就是他的謊言與她那天真的童話幻想，怨恨、後悔、想念、焦灼交織，她多麼盼望他來，盼望到有了幻聽與幻視，覺得每個人都是他，然而真見到面她就發飆，從動作片變愛情片，又從愛情片變動作片，她罵他是偽君子、大騙子、人格分裂者，他在公開場面極為嚴肅，跟私底下是兩回事。愛情換了一個空間馬上變質，事實上他只想擁有祕密的小情人，但絕不能動搖他的世界一分一毫。她像被判死刑一樣只能絕望地等待，她在那華麗的金屋中哭到沒淚，有一天晚上，她的眼淚停止，腦袋卻無比清晰，把最大的行李箱拉出來，放入較重要的衣物，整理到天亮，搭校車轉灰狗巴士到紐約。

那五海是誰？是在紐約中文報社的同事？那個幫她洗照片後來也進同家報社的朋友？他們確實上過床，剛到紐約時，及後來一起工作，她回報他，但不久她就跟R在一起，這輩子跟東方男人上床少到可以數出來，五海到底是誰？

「你是中文報社那個攝影記者？」

「不是，看來我早被你忘了。」

他一定在耍她，她根本不認識他或者沒上過床，他只是聽過她一些事，故意整她，可這張臉真的見過，不是普通的見過，而是躺在床上，臉貼著臉，鼻子頂著鼻子，她的身體都在顫抖，她的官覺告訴她，是真的交過手。

五海完全能夠理解她的感受，人是會選擇性記憶的動物，他這輩子最不想記住的是婷娜，有一次兩個錯身而過，婷娜已認不得他，但他知道那就是婷娜。十幾年不見，長期酗酒拉K與夜生活，她快速衰老，嘴巴尖突，是一個完全跟印象無關的人，但他的鼠蹊有反應，心臟緊縮了一下，只有曾經熱烈歡好過，帶給你莫大挫敗痛苦的對手才會有這種反應，他記得她身上許多特徵與體味，但他不認識她的臉，臉太多變也太易老，最不能讓人信靠。

胡漣走到哪，五海就跟到哪，現在他認定她前世是那個白衣女人，因單戀他而苦苦跟隨，而他欺騙了她，讓她含恨而死。現在他得還這筆債，前輩子他玩弄過的女人還真不少，現在他只有靠胡漣還債。歌德一直跟胡漣有聯繫，透過她便可找到胡漣。他自己也愛到處旅行，他偷偷跟隨著她，七、八〇年代的美國，九〇年代的臺北，小心翼翼地不讓胡漣發現，住的地方相隔一段距離，跟蹤最多三五日，看到她就安心了。在美國時，胡漣穿著華貴，出入是不同款的名牌跑車，有一輛是拉長到像一艘船的凱迪拉克。她活在自己編造的童話中，或者誇張的浮華世界中，卻不自知。有一次大概是大型宴會，胡漣穿著翡翠綠的金色珠花旗袍，高衩露出大腿，長直髮垂到腰際，從凱迪拉克中被丈夫牽出來，引起眾人注目，以為她是來自中國的大明星。他在人群中看著她，直至車子遠去。她跟R鬧離婚的時候，他也在她家住處短租過一陣子，那時R不回家，胡漣常喝得爛醉，五海打電話給她，那時他還叫光男，胡漣不知他改名了。他騙說剛好到附近出差，只有她意識不清才敢聯繫她，打了幾天電話，胡漣到他住的地方，又是拎兩瓶酒，兩人對飲，酒喝完了，還要五海去買，一直喝到爛醉，那天他們上了床，五海醒來，胡漣已經走了。她一定不會承認這樣的一夜情，尤其是擦槍走火的老朋友，之後，五海放棄了，那感覺真的很差。她的性關係這麼開放，但他也不想趁人之危。

但也不至於認不出來吧？莫怪胡漣記不得他，自從罹癌做化療，他的樣子實在變太多，跟蹤她多年，好不容易在臺灣的某家咖啡廳遇見她，兩個人都變老變醜，這次他鼓起勇氣跟她相認，因為知道自己活不了幾年，他一定要抓住這次機會：

「我是五海，以前叫光男，我們曾在康德的寫作班上過課。我還是班長。」

「光男啊！要死了，為什麼不早說，你怎會變成這樣，居然一點都認不出來。」

「你知道，我生的病很折騰人，五年前得癌，剛做完五年化療，完全變了樣，我自己倒不在乎。」

「還以為是同事呢！你現在做什麼？好些了嗎？」

「搬到花蓮，自己蓋了棟房子，當工作室，也開放民宿，交了很多朋友，生活很輕鬆。身體嘛！元氣大傷，就靠打坐與氣功調養。」

「還幫人看前世今生嗎？」

「很少，我還有許多功課要做。以前我幫人過於刻意，現在我帶小朋友做田野玩音樂，已經有人用宇宙語作曲。」

「那可以幫我看嗎？我越老運氣越背。」

「不會的，你有光明眼，你還記得嗎？」

「你還記得？我都忘了，我眼盲心瞎，哪來的光明眼。」

「一定要逼至盡頭才有轉機。」

數字狂

謝易是早產兒、剛出生時只有一千五百公克，且有多種毛病，就算長大也活不長，醫生傾向放棄。謝易的媽媽求醫生求菩薩，總算保住一條小命，這條命是用金子打造，卻常是死裡逃生；導致家人吃全素，虔信佛道，謝易是胎裡素，因為難養，幾次要讓他出家，聽說可以保命，最終沒有，只因他十歲之後身體變好了，只讓他讀佛教小學，大家都說他佛緣深，放在菩薩邊最安全。

謝易從小就沒什麼物質慾望，一件舊衣穿好幾年都不願換，衣服破洞了不縫補也沒關係，他常說：「我們家很窮，不要亂花錢。」爸媽生病，他跪在床前不肯起身，大家都說這孩子孝順，這孩子太怪。他的頭小眼睛小個子小，臉上像木偶般沒表情，表現出的感情卻令人驚異，最令人驚異的是他的棋藝。

從四、五歲到處跟人賽棋，到成為少年棋王，他那張沒表情的臉常在媒體上出現，除了下棋，他對數學、易數也有天分，他不需任何道具，只要隨機看到數字就能卜卦，如住得遠打電話，就以時間為準，一切事物都有數字在其中，手機、車牌、門牌……我們的生活中都可採數，他認為易數是一組生命的神祕數字，古人歸納出的密碼，並非怪力亂神，他跟五海不同的是，他只相信能夠驗證的學理，接近儒家強調的理性與實用，一組數字就像音符或一首詩，可以譜成美妙的樂章。

他從小在學校常被欺侮，因他特別瘦小的個子，特別小的腦袋，沒表情的臉，有點鬥雞的小眼睛好像在瞪人，班上所有男生都打過他，女生則喜歡拍他的頭，或玩或搶他的書包。他常帶一些奇怪的東西，譬如望遠鏡或放大鏡、八卦鏡、魔術方塊、西洋棋……知道他會下棋後，許多人找他挑戰，沒人能下贏他，連老師也是輸，這才對他有點畏懼。中學他加入幽浮社團並頻頻參加棋賽，大學進入電腦時代，那還是DOS的時代，他自己組裝電腦，用棋賽的獎金買第一代蘋果電腦，一套就要十幾萬，在網路初開始，他就有教主的稱呼，他不僅會寫程式，文筆也不錯，在那拓荒時期的網民比較像地下祕教，臺灣也只幾十人，彼此交流些高端訊息，互相解決問題，那時他口袋中恆常攜帶遊戲機，從第一代一臺五九九的黑白機開始，他最喜歡的是俄羅斯方塊，他可打一整天，算是第一代宅男。

後來電腦時代來臨，許多人不願學電腦，堅持手寫，他對他們說：「不用學，不久就會有語音輸入，與手寫輸入。」他的母親不敢置信地問：

「真的可以手寫?電腦還會辨識聲音與字體?我不信,要有也要一百年後吧?」

「不用!頂多五年就會有語音輸入,十年就會有手寫輸入,電腦的進速很快,每兩年一變,機器人時代不久就會來臨!因為像你這樣的人很多,未來還會出現直接在螢幕上書寫的系統,所以你不用報名學電腦與打字了!」

「雖說你有預見未來的能力,我還是不敢相信,還是去電腦班學DOS吧!」

八〇年代中期,蘋果推出第一代語音輸入電腦,一臺就要六、七萬,那時母親的倉頡還學不好,看到會聽話的電腦樂極了,那時的語音系統需念書一個半小時才能辨識,辨識度也不佳,謝易母親念半小時就累了,每試必敗,試了幾次終於放棄,還是乖乖打字。沒幾年蒙恬筆出來了,造福許多手寫族,那時會打字的都會譏笑用蒙恬筆的,又沒幾年,觸控螢幕出現,不久就能寫字了,當 iPad 出現時,那距離DOS不過十幾年,手寫幾乎要超過打字,手機也可手寫,螢幕畫素從幾十萬進化到四K,幾乎可取代攝影機、相機,這時母親才相信謝易的話,真的不用學打字,連打掃都會有機器人代勞。

二十歲時,母親要跟姊妹們到東南亞旅遊,出發前一天,他腦海閃現飛機墜落的畫面,航班是一〇三,這是不吉的數字,他勸母親改下一班,母親說他瞎鬧,不肯改,還好同行的姊妹突然有事,臨時取消旅行,母親不敢一人獨往,只好延期。那班飛機真的墜機,死了很多人。這是謝易第一次的「預感」神祕經驗,他原是科學主義者,後來次數多了，他自己找書讀，發現「同時性」是可能的，他只相信自己的眼睛，有長遠歷史與理論的易數，他一進入馬上能掌握，真正靈驗的不是八卦本身，而是卜卦人的感應力有多強，卦象就會越明確。

就算這樣，他還是理性主義者，他覺得像他這樣的人，只可能有婚姻，不可能進入愛情，他二十幾歲就開始相親了，相親的歷史都可以寫一本書了，最後到大陸參加棋賽，娶了一個杭州姑娘回來。兩人相處一直有問題，他說話老惹女人生氣，妻子買了好東西回來給他吃，他說：

「不要亂買，我不吃甜食與零食。買你自己的就可以。」

「你就不能湊合點，吃一兩口又不會死人、講一兩句好聽的不會啊！這可是貴死人的老大房俄國點心。」

「你愛吃的干我什麼事？」

「你餓死好了！晚飯也不用煮不用吃了．」

就這樣，才一年婚姻就完蛋了，之後他更不敢跟女人親近，女生親近他都是因為跟他的腦袋與電腦、遊戲有關，他也超不會跟女人講話，因此跟女人幾乎不講話，在康德的寫作教室，他只跟歌德講過兩句話就玩完了，鼓起勇氣才說的兩句，卻遭到白眼，第一句就針對她的頭髮：

「為什麼這年頭女孩都留一樣的長頭髮？」

「流行啊！你有什麼意見？」

「流行就是隨波逐流，俗氣。」歌德翻了一個大白眼，拍著額頭走了。

就算這樣，她是唯一願意跟他說話的女人，他知道歌德不喜歡他，他卻無法不關心她，在康德死前，他有預感，而歌德也是第一個打電話給他：

「老師走了，服毒自殺死的。」歌德哽咽，本想打給胡漣，那時她在國外，而五海正開會忙案子，不得已才打給謝易，沒想謝易冷靜到沒一絲情緒，還倒潑她一頭冷水。

「聽說自殺的人意志非常堅強。日本鹿耳島火山口是個自殺勝地，火山口有強大的地心引力，擋也擋不了。山下山上重重鐵絲網、崗哨，決心要死的人還突破重圍，一定要跳……」歌德掛了電話，放聲大哭，從沒有一刻這麼討厭謝易。

當機器人的智商越來越高，會作曲、畫畫，也會下西洋棋，趨勢家與科學家認為它們離下圍棋還很遠，沒幾年，謝易與機器人對下圍棋，十幾國電視同時轉播，剛開始謝易一直領先，而機器人簡直在下亂棋，處於步步挨打的狀態，然到後半局，謝易雖冷靜謹慎，每一步棋都經過精密思考，機器人落子很快，走錯的棋先是補救，然後調整，包抄、變盤、翻盤，直至獲得勝利，這一切都在計算與被計算中。

機器人打敗棋王，這件事震動全世界，謝易的失敗也代表人腦的失敗，這證明機器人將比人聰明，謝易無法忘掉那盤棋，自己到底錯在哪裡呢？他錯在一步一步算計，過於拘泥，而機器人是以求勝為目的，過程沒那麼計較，感覺它常出錯，但它會全盤思考，從錯誤中不斷調整，往必勝的方向進行，它沒有情緒與雜念，目標單一，就是勝利。而他會受失敗影響，一旦發現自己下錯一步棋，心情會起伏，步步精算竟然比不過機器人亂下，這對他也是人生最大的挫敗。

機器人是一部超級計算機與學習機，像他這個數字人，理應愛上機器人，然而這場失敗讓謝易明白，他絕不會愛上機器人，過去他所迷戀的數字世界，讓他以為自己是無情的人，現在他確定愛人更勝於數字。以前算易數只是玩票，然而機器人可打敗棋王，算易數暫時沒辦法超越人，因為機器人無法機動採數，更無法感通人與天道，因此他轉而走向易數，而且越來越專業，找他的非富即貴，他需要一個像樣的工作室，這是他找上五海的原因之一，更主要的原因是歌德。

許多年來他一直單戀著歌德，愛情不可能是單向的，因此他將這份悸動藏在內心深處，輸了那場棋後，謝易躲藏好一陣子，現在他只想再見歌德一眼，就算只一眼也很難。他一直知道她住哪裡，卻沒勇氣找她，於是先找了五海，並跟他住隔壁，五海一直跟寫作班保持聯絡，找到五海，就能找到歌德。

在那個奇異的寫作班中，康德的先知氣質吸引他，而他更需要一個能彼此激發靈感的對象，歌德具有這樣的潛質，大家都知道她跟康德有一層只有當事人才知道的親密關係，然而沒人猜測與談論，因為他們都不是狹隘與世俗中人，他們更相信人與人的遇合需要條件俱足，然而當康德死後，小都跟五海問康德的死後去處後，歌德也來問過他生前之事，那是個接近她的機會：

「我聽小都問五海的事，他會回到西方的神與初戀小女孩是合理的，說『琴弦已斷』，這不像他會說的話，太絕情了。你認為呢？」

「這句話聽來絕情，事實上是對生者與死者最大的寬解，不是嗎？人鬼殊途，人與鬼本就不同道，我也並不完全相信鬼神之道，我較理性，但是不斷召喚死者，不是讓他無法離去嗎？」

「我有話問他，他還有遺著，聽說藏在某處，這種事應該問五海，但我更想知道他真正的身世。你是理性的人，可以分析他為什麼要說那麼多謊？」

「我的習慣是問事先採數，老師的生年是一九二一，一九為十，不採，採數就是二一，這是離卦，離散，離開，分離。雖比和，但內有衝突，謀事可成，卻有周折，他一生離散，每到一處換一種身分。我以前說過他是至剛之人，以自我為中心，常活在幻覺之中。」

「誰不是活在幻覺之中？」

「命數語言跟哲學語言不同，這一句也可翻譯為有些人一直生活在謊言中，尤其是那些領導者。」

「是說類似帝王與英雄出身的謊言嗎？你也是數字天才，你為何服他？」

「他的腦袋是個大計算機，根本不是人腦，他曾預言虛擬與大數據的年代，這都一一應驗了，有一天他看我用打字機運算還對我開玩笑：『你還是用演易好了，也別下棋了，有一天你會輸給機器人的。』那是十幾年前，他講的是五十年後的事吧。」

「你相信一個會說謊的人？」

「我再採一個數，他死於一九九一，採數為十，履卦，圓而有缺損，剛中有險。履行，慎行，小心，行為履踐，行不逾禮，不處非禮。就是雖有缺損，要你別問，要更小心自己的事。」

「那我可接受麵疙瘩嗎？這難道也不要問？」

「你有很多選擇，為何偏選他？」

「他最單純、老實，最不聰明，我太不正常，我需要一個普通人。」

「五海也單純，熱情。」

「五海是靈媒，跟我的理念相背。」不用問了，他與五海在歌德的心目中，都是不同道的人。

在歌德離開麵疙瘩之後，謝易曾找過歌德，兩人在工作室附近吃了一頓晚餐，歌德是個浪漫的女人，只要能夠走一段，哪怕是一小段也好，約的是日本料理店的包廂，近五十歲的歌德看來跟初見時沒變太多，還是喜歡穿平底瑪麗珍鞋，頭髮不是極短的莎岡頭，就是極長挽起來或編辮子，她從不進美容院，穿森林系的棉麻寬衣，心理年齡停在二十幾歲，這樣的人越老越有魅力，但是歌德只對康德那個埋起來的箱子有興趣，根本沒在聽他的話：

「聽說鑰匙在小都那裡，小都最近鬆口了，說二十年後才能開啟，為什麼是二十年後，也沒說埋在哪？」

「學校宿舍，還有我們的教室，這兩個地方最可能。」

「裡面除了有遺著，還會有什麼呢？」

「也許有身分資料或照片之類。」

「哪天我們一起去找找。」

「好。」這算是一種暗示嗎？謝易想。

「要不要到我工作室坐坐，就在隔壁大樓。」

「不用了，我們再約，叫五海一起來，估計小都也會來。胡漣我會通知她。」歌德專心吃著茶碗蒸，連頭都沒抬。

再怎麼薄情的人也會心碎，兩人走出餐廳，謝易身體輕飄飄的，步履都踩不穩，走進黑夜中的停車場，車門映著他們朦朧的影子。謝易是個求勝慾很強的棋手，堅守「一手不退」的原則，不下到最後一顆棋絕不放手，這時他感傷地做最後反擊：

「有一陣子我住在湖邊，湖上有幾隻天鵝，有一天散步時一隻天鵝在我的車門中徘徊不去，一直用嘴去啄車門，細看是車門映著牠的影子，牠以為是另一隻天鵝，看來驕傲的天鵝也是需要伴的，無法絕對孤獨。你要這樣一直孤獨下去嗎？」

「我不能再害人。」歌德只講了一句話，感覺沒回答，也回答了。

那之後謝易跟著五海，假日時開車四處交朋友，跟邦尼一樣，五海也學了世界語，這種語言能流利使用的只有幾十萬人，但現在已進入動畫與電影之中，更重要的他已經變成另一種人，一個相信陌生人之愛更是無條件的真愛。幾十年來，他們在街道上載著陌生人旅行與聊天，認識的人無數，大多數人帶著懷疑上他的車，但這沒關係，他們中只要有少數人，哪怕是一兩個人相信陌生人之愛就值得了。他們常在車上播放〈希望歌〉：

La Espero
En la mondo venis nova sento,
Tra la mondo iras forta voko;
Per flugiloj de facila vento,
Nun de loko flugu ĝi al loko.

希望
新的感情已經來到人間
強烈呼聲正在世界傳遍
快讓它乘上順風的翅膀
輕捷地飛遍那地角天邊

多年來他們一直攻不破的是麵疙瘩，有一次好不容易約他出來，跟他對話已找不到焦點，五海問：

「這麼多年來，你一直在做什麼？一直躲著不見人也不是辦法。」

「我在寫書，寫一本兩百萬字的著作。我敢說，曠古絕今。」

「現在書也沒人要看，寫那麼長幹麼？」

「寫什麼呢？」

「密碼與竊聽史。」

「天哪！」麵疙瘩不是瘋了就是走火入魔，五海與謝易對看，想法一致。

「現在剛寫到納粹這一章，他們的監聽系統真是完美……」

麵疙瘩兀自講了一個鐘頭，五海與謝易完全被他打敗，從此再也不敢跟他約見面，只有五海一年會打幾通電話，跟他講電話很累，他開著錄音系統，同時也懷疑自己被監聽。

複製的年代

胡漣的事被舉發了，她先失去了報社工作，再失去以前所有的寫作盛名，她變成媒體追逐的對象，新聞延燒半年多，一路追溯到R，變成國際事件。自從網路發達，複製貼上取代抄襲，以前的抄襲還要改寫消化，現在只要複製貼上，連修改都不用。這些文章被刊登出來，有的還不會被發現，被發現時大家在臉書上叫喊一陣，很快地被遺忘。它們最後的處置通常是永不錄用如此而已。

表面上是大家的道德變寬鬆，事實上是大家用不同的形式在抄襲，因為這是沒有新意與創意的年代，真正有創意的作品一般人消化不了，太艱深的東西被排斥，一般被認為是高級創作的作品，只是更高級的模仿，他們沒有抄一個字，抄的是思想與形式，大家都追逐類型，最後也被類型化了。

既然都在類型的大框架中，大家喜歡的東西大多是一個樣子，也就分不出你寫我寫的，或者大家也不關心誰寫的。胡漣早就意識到這個問題，這是一個集體書寫或被集體書寫的年代，差別只在有的人有道德焦慮，有的人沒有。胡漣是後者，她也不是沒有焦慮，事實上多年來她一直在看心理醫生，她的焦慮在別處，因為她骨子裡就是威尼斯商人，一切都是交易。她最大的問題是無愛，不愛自己，更不愛他人。

如今的危機不是工作，而是心靈，她得給心靈找一個家。後來她到印度住很長一段時間，過著苦行僧的生活，她覺得最可怕的不是苦行，而是孤獨，以前她總要找一個人陪或愛，事實上是她無法忍受孤獨，然而找到一個人陪或愛，就會想複製彼此的靈魂，如此才能看見自己，被複製的自我更迷人，這就是我執的一種，幻象的衍生物。

她先得學會愛自己，但如何開始愛自己呢，宗教大都要你愛別人，忘掉自己，但如果不愛自己，如何愛別人？她從印度南部一路走向北部，就算盡量簡樸還是乾淨齊整，牛仔褲搭配當地的長麻衫，一條頭巾幾乎包住整個臉，以前她想不通為什麼熱帶人這麼熱卻穿這麼多，現在知道了，主要是陽光太強烈了，那讓皮膚灼傷的光刃，包起來才有一絲防護，因隔離而有一絲涼。在這裡住久了，大家都是這種穿法，不久她變得黑黑瘦瘦，加上深邃的五官，看來跟當地人差不多。她在這裡遇見來自不同地方的人，說著不同語言，大多只有一個目的——來找心靈解藥，大多數人無功而返，只是曬黑變瘦，胡漣認為這世上並不存在心靈解藥，她只想從零海拔走到一萬呎，看看會有怎樣的變化。

人在平地時，看到的大多是人與堆積如山的物品，人們在無數大賣場中穿梭，五官尋找刺激，追逐那最醒目最甜蜜最香濃最吵雜最柔軟的標的物，也有那反其道而行，追求最隱晦最苦辣最燻臭最安靜最粗礪的美，像她自以為有好品味，她愛古董黑、帶酸的黑咖啡、沼泥中的腐鼠、森林中的幽靜古堡、陰涼的石牆與古井，這不過是官覺的另一端，自以為脫俗的藝術品味；然而在低海拔，最大體積的還是海水的湛藍與熱帶植物的森綠，越往高海拔走，樹木的顏色變淡，多了一絲絲黃，天空的白色調越來越多；至一千兩千公尺，官覺還沒大改變，升到三千公尺，樹木變少，大多是樹幹粗大而樹葉小的寒帶植物，溫度明顯下降，這裡的主角是雲靄，時時刻刻都在變幻中。當她走到新德里，衣衫沾滿汗垢與汗味，現在她跟路邊的行腳僧或乞丐沒有差別，在這裡，你認為的乞丐可能是行腳僧，行腳僧則是乞丐。

她決定拔升至五千尺以上，目標是列城。從新德里飛往列城一天只有一班飛機，而且是早晨七點，五點就要報到，她乾脆住在機場旅館裡，洗了一個大澡，換上乾淨的衣服，現在她要挑戰五千到八千公尺。在這之前一個禮拜她都在服用紅景天以克服高山症，她對自己的身體並無信心。

因喜瑪拉雅山雲層太厚，常有陣雨，班機常取消，而且冬天冰封時期有半年是不飛的，春天是雨季也常停飛，只有夏季較正常飛行，但也要靠運氣，胡漣在機場住了三天才飛成。飛機起飛後，原想補個眠，睡到一半被歡呼聲驚歎聲吵醒，左邊的人都跑到右邊窗戶來看風景，小飛機都快傾斜，空中小姐拚命喊回到座位，可是沒人聽，大家都是在過HIGH中。真是土包，有什麼好大驚小怪的，她看到窗外的雪山，壯闊且連綿不盡，這是地球上最高也是最大的冰山群，那刺眼的白彷彿夜明珠在放光，像無盡夜明珠連綴而成的海洋，這是另一個星球或異世界吧！

剛下飛機還沒高山反應，到旅館吃了簡單的素咖哩裹餅，許多人不久就開始又吐又瀉，臥床不起，有幾個人還送急診。胡漣還算是較輕微的，除了吐，就是走路暈得不行，必須扶著牆走，喝水都會吐，因此兩天沒進食。

沒有力氣走路，只好吃藥睡覺，睡得斷斷續續，這裡安靜得像墓地，會不會就死在這裡，人生這樣作結也不錯，胡漣想著。

第三天頭不暈了，也能喝水進食，這裡什麼東西都做成咖哩，一成不變的食物，因蔬菜種類少，也不吃牛，食物幾乎沒變化，吃回歸到最原始，只為療飢；但在這裡胃口變小了，一天幾張薄餅，幾杯水就飽了，味覺變得單一。官覺改變了，先是視覺改變，到處都是雪山，只有黃土與白雪兩色，在這寸草難生的地方，人們愛種些花花草草，但大多不香，人多處才有一絲綠意，視覺彷彿被洗乾淨，這裡無網路無電視，只能看看書，然書也很難看下，當視覺變得單一，思緒也變得簡單，腦袋常是空空的，往事變成一團白雲，連飄也不飄，直接變成一陣風，什麼也留不住；這裡的安靜並非一片死寂，鬧市也吵，但只是小範圍，人聲在雪山中很容易被吃掉；而當大家都需要披著厚毯子，厚圍巾，你就會覺得平滑輕薄華麗的布料不美；在這裡保溫很重要，熱茶、熱炕、熱餅最美，沒人要吃冰涼的食物，連蔬菜都要切碎煮成熱熱的菜泥。當味覺、視覺、嗅覺、觸覺等五覺改變，那真是無耳鼻舌身意，無色香味觸法，怪不得成為修行的聖地。這裡保存著最古老的佛法教義，每個人虔信密教，家家戶戶供著法王照片，每家至少一子出家，人們拿出自己所得供養著上師，他們相信來世與轉世還有奇蹟。

對虛無主義者胡漣來說，她無法相信任何宗教，人死了就死了，什麼都沒有了，她只相信眼睛看得到的，然而官覺是會改變的，當人上升到五千公尺至八千公尺，像換了一個腦袋，更感受不到自我的存在。以前她到處旅行採訪，自以為閱歷豐富，記者相信的是自己的眼睛與耳朵，然而平地的感官無論到哪裡都是大同小異，平地的旅遊所思所見也差不多，能累積的經驗有限，怪不得記者寫的東西很難有新意，有時還更規格化表面化，膚淺是記者的通病，因追求快速與時限，通常無時間思考，長久下來自然沒耐心思考，記者成為作家的也許深刻一些，但跟隱居與流放作家相比，還是差一截。平地的思考多以人（自己）為中心，很難不世俗化，只有離群索居才能擺脫以人（自己）為中心的思考，因此平地的價值通常是入世與功利的。只有垂直的旅遊，高原的視角才會因不同而有新意，當感官隨著高度爬升而變換感受，當人口越稀少，自然越壯闊，人關切的不再只有自己，而是神聖性與超越性。平地的思考通常誤把神祕的誤以為神聖的，或者懷疑神聖性的存在。在一個人擠人、人咬人的世界，跟古羅馬時代的競技場沒兩樣，只有不擇手段殺死對方，自己才能贏。怪不得人們寫出來的東西也是大同小異，而她無法創作，因為她只相信自己有限的官覺，再怎麼努力皆無新意。

當她爬至八千公尺時，這裡已是山頂，盛夏還結著冰，溫度在零度以下，冰川縱橫，有些奇矮奇小的房子散落在山坡上，那只有半截的屋子是修行者的閉關所，這種修練太嚴苛了，讓人無法想像。附近有個大寺廟，階梯又高又多，一個跛腳喇嘛正安閒地往上爬，天啦，這好幾百的階梯要爬到何時，看他旁邊有人跟隨，卻不去攙扶，想是他不肯，胡漣跟在他後面，法師回頭看了她一眼，她覺得心跳得厲害，爬了一半階梯，實在是喘不過氣，高原反應在這裡更為明顯，天氣又實在冷，只得躲進去避寒休息個半小時才喘過氣來。穿棗紅色的喇嘛們集中在大殿念經，熱騰騰的酥油奶茶不斷輸送以保持體溫，有個穿黃袍的仁波切在講經，就是剛才那個爬階梯的跛腳喇嘛，他年紀至少八十，腰都彎了，聲音很小很慢，用藏語傳法，完全聽不懂，但他的臉讓胡漣感到平靜，便在大殿一角坐著。

講經與念經完畢，去了一下午，喇嘛散去，那仁波切沒有離座，繼續打坐，胡漣感到害怕，感覺他有什麼話對她說，她跟著盤腿閉上眼睛，就這樣不知過了多久，老喇嘛發話，說的是英語，沒想他如此現代化：

「過來，靠近一點。」胡漣靠了過去，在他座前約一百公分前坐下。

「如果劍在石頭之中如何拔出來？」她驚訝地說不出話來，難道他是康德的化身，如果他還活著也該這個年紀了。

「要有光明眼才能拔出來。」她照康德的話回答。

「不，不需要拔。」

「那為何問如何拔？」

「讓它自己出來。」

「怎麼可能？」

「你跟我來。」

老仁波切帶胡漣進入一個石洞，石洞中有許多石頭淹在雪水中，洞上有水不斷滴落，有一顆石頭上真的插一把劍，水淹到石頭之處都已凹蝕，水滴石頭之處已纖維化，原來滴水穿石就是這樣，有一天這顆石頭終會消蝕，劍自然掉落。胡漣在石洞中，失去時空，失去一切，只有水流聲如唱一首梵歌。

有些事光憑眼睛或語言很難訴說，或者眼睛與語言原本就如此有限，因為胡漣是如此堅硬，如頑石一樣難以點化，法師只帶她去看實相，劍是權力的象徵，也是語言與煩惱的符號，要拔出它不是靠魔法，而是天力，自然之力，這樣的示現不就是神蹟嗎？比聽法讀經還強百倍，至少撼動了她。

法師是法王的導師之一，今年快九十了，是藏傳的四大仁波切之一，他體弱多病，已極少傳法講經，好幾年才來一次這裡，就讓胡漣碰上了。這大寺廟住著近千個喇嘛，有個佛學院，在廟的地下室住著上百個剛出家的小喇嘛，年紀從六歲到十二歲不等，他們要學電腦也要學英文，因此有志工老師輔助，胡漣幾乎天天來，漸漸喜歡這群棗紅色的小孩，很自然地教他們英文與電腦。她沒有出家，因為不夠格，也不算皈依，法師只給她一條紅繩，她把它綁在手腕上，如此而已，也很少聽講經，但常去那個石洞，就靜靜地坐在那裡聽流水聲。

住了約兩年，法師病倒，弟子們想幫他寫傳，她本沒資格，這裡的人才是很驚人的，弟子不但追隨多年，大都是格西，資格相當博士，在美國大學教書的也有幾個，法師卻指定她來執筆，為什麼呢？法師與她之間甚少言語，她卻與法師心意相通，或者說法師的他心通十分強大，這是從第一眼就確知的。寫傳的過程，她才惡補了藏傳佛教的歷史與經典，法師跟隨法王從西藏流亡到印度，其中的恥辱與痛苦非常人能忍耐，之後在六〇年代就被指派到美國傳法，藏傳佛法能在西方傳開，他是開拓者，跛著腳走遍天下，之後常年居住美國，一直到生病，才回雪域養病，沒想到就碰上了。

法師傳記也是佛法的一部分，是用生命訴說的神蹟，第一次她建構了法師的一生，也重新建構自己，她常寫到無法停筆，停筆時多半是痛哭流涕，法師是用這種以毒攻毒的方式在轉化她的生命，破解她的迷障。過去的她一直過著自欺欺人的生活，以為可以行騙天下，就算被揭穿也不以為有錯，這源自她過於愛自己，眼中只有自己，而自己就像那把石中劍，代表著權力與語言，最終是要拔出來的，或者被雪水融解，法師從不用言語與她溝通，而是把自己化成水慢慢融解她。

為寫法師的一生，她幾乎跑遍雪域，他出生的小村落，出家的寺廟，傳法的佛學院與走過的寺廟……在這裡沒有人比她更知道如何做採訪與收集資料，她用簡樸的文字，並加入自己的推敲，法師是無我的人，然她更要顯現他的人性與情感，如他深愛著雙親與兩個弟弟，以及在學習過程因家貧無法拿出像樣的上師供奉而愁苦不安，第一次在法王面前辯經時因太緊張說不出話來；布達拉宮被包圍監視時的恐慌與不安，出逃過程的艱辛與狼狽不堪，初到印度過著難民般困苦的生活，這時的他更專注於修行，外在的壓力已大到無法忍受，跟一般難民並無不同。他閉關一年修行，將內在的力量更推高一層，困苦是修行的助力，當他成為法王的得力助手，卻被指派到美國，當時他才剛學幾句簡單的英文對話，他抗拒這個任務，不願離開好不容易重建好的新政府，或者母土，甚且想躲起來或逃回布達拉宮。就在想逃的那日，來了一群美國人，他們都是為法王及他而來，奇怪地跟他們對話溝通完全無障礙，而且相處極為愉快，讓他對美國不再畏懼，事實上，他到美國一切比想像的順利，連西餐也能接受，學開車時鬧了許多笑話，會開之後喜歡飆車，因接觸各式各樣的人，感知覺性更靈敏，西方人更支持西藏，密法流傳更廣大……胡漣的筆從未如此快速流暢，原來文字自己會跑，動力越大跑得越快……書寫是如此暢快，而且一旦發動，彷彿有人帶領的野馬，無法停止，一個圖形接著一個圖形，一個想法接著一個想法，她的生命被這隻馬拖離現實，並裝上新的內容。她想到幼年時被寵壞的壞脾氣與愛說謊，青春期的愛出走，父親被關後陰鬱的生活，她心中有滿滿的恨，恨這世界將她家推入地獄，她一定要報仇，把失去的一切討回來，她的貪心比一頭狼還恐怖，追逐著榮華富貴、聲色犬馬，用盡手段只要成功，然而她一次也沒去探望過父親，母親過世時她在美國，父親出獄後再娶，從此她切掉與原生家庭的連結，甚至還改了姓名。她原來的名字是朱縈，胡是母姓，更多的時候她用英文名字，而且常換，光英文名字就有十幾個，她將自己活成了一個符號，不斷變動的符號。在書寫過程中她不斷想到父親與母親，那是她生命的源頭與痛苦的開始，她想念他們，想到椎心。

如今她藉著寫傳重新把自己生出來，這也許是法師的本意，他與她的緣分到此為止，他知道她無法進入佛門，對修行也無興趣，但她已有書寫的信心，這是特別為她打造的功課。新生出來的自己是什麼她還無法知道，但她知道必然跟之前已有不同，大大不同。

寫完傳記，法師過世，他在去世前已進入入定的狀態，從世界各地來的徒弟包圍著他，胡漣坐在最外圍，卻感受到平靜與愛意，葬禮結束她就要離開雪域，回到平地，是否又會再回到平地的視野，庸俗的功利的虛幻的，她不知道，但她為此感到害怕。

是雪域使高原人充滿大自然的靈性，並深信世界存在著一個真實的神靈。那會放光的神山聖湖是神靈的母土，天地及河流、森林、草原都是神蹟，普通的百姓家中也有自己的神靈（家神、灶神）相伴。他們有生命神、父神、母神、家神、舅神等五尊守護神陪伴，離開了這些神靈，人的生命也就無意義。佛教在高原上形成藏傳佛教，又把佛教的神靈系統和高原原有的神靈世界結合起來，發展成一個包羅萬象的泛靈世界。

如沒來過這裡，她永遠不知世界上還有真正的神聖之土，來過這裡，就再也不能忘記曾經見過的光，並確認人的有限與無知。

此世此時此地

十年期滿，歌德沒有死，感覺又被康德騙了一次，之後的日子是多出來的餘生，她以為逃過十年大限，事實上另一種死亡等著她。

歌德留下來當哲學講師，一方面整理康德的著作，一方面發表自己的作品，她認為康德承襲的是十八世紀的西方哲學，而康德是它思想的根源，下接黑格爾理念與辯證哲學，人道、自由、博愛是他的中心思想；而歌德追蹤的是存在主義的人文思維與以降的新馬克斯主義與文化批判理論，關心的都是人，但人道與人文差異大矣，康德只是沿襲而少批判，他雖有理想，卻不能認同臺灣，他所謂的走出紅海，即是走出臺灣，他認為迦南地在西方。歌德認為只要有理想之處就是迦南地，這二十年之間她跑遍二、三十個國家尋找迦南地，最終一無所獲。教書近二十年，當她也快來到康德的年紀，也擁有一大群追隨她的學生，有幾次差點跟學生撞出火花，但她嚴酷地禁止自己也禁止別人。她認為在所有的關係中，師生關係最聖潔，那是靈魂的雕刻與交換，以理想作為引導，那麼哲人之國才能實現，校園是唯一能把理想一再墊高的，因為它是濁世中唯一的淨土，否則跟補習班沒兩樣，要說能教會說，吸引學生聽講，補習班更能做到，大學校園所能做的就是守護理想，在這點上她不能同意康德，也許康德看中她，就為把她打造成另一個康德，歌德明確地知道她要走另一條路。

一直到近五十歲，在一次演講中，一個在國外長大回臺灣念研究所的博士生小知，會後問她一些問題，說讀過她所有的哲學著作，為她探索的熱情著迷，「就像嬰兒的眼睛」，這是如何訛亂的形容詞，他才有一雙嬰兒的眼睛，他的眼中燃著小火炬，國語還講不標準，說話就像個還在學語的小兒，他還無法用言語表達他那一些奇思異想，就算是英文也是吧！像他這樣生在臺灣，長在美國，大學才回臺灣的ABC，努力地擠出都是一些支離破碎的文字，這個連話都說不全的人後來卻幾乎要了她的命。

小知瘋狂地追求她，像他那樣已經完全西化的腦袋，根本視禮教為無物，或者亂倫歧異之愛更能吸引他，歌德在感情上的致命傷就是被動，對她來說被愛就等於愛，或者愛這習題太難了，一輩子都學不會，而且只會越來越糟。康德知道用承諾或契約綁住她，小知只會用身體，而且以自殘的形式，這種更糟，然而如今角色互換，她既像當年的康德又像當年的歌德，對於主動且霸道的愛無法抵擋，如果小知懂得修辭，他也會像是當年的康德一樣使用修辭綁住她，然他又讓她想起當年的自己，對於愛的瘋狂與奉獻如同聖徒般忘記自己。事實上說明任何諾言或契約都綁不住人，那種平等的愛只存在少數的幸運者，大多數都是傾斜不平等的愛，在小知第三次自殘時，她投降了，她不是修辭家，然而喜歡用幾句話說定一切：

「我只能接受精神上的愛，你可以嗎？」

「不可以，如果這是你要的，我會盡量以最大的努力。」這是英文的文法。

「精神的，不要師生的。你分得清嗎？」

「當然，我是男人，你討厭肉體，我知道。」

他們的精神戀愛只維持三年，第一年他們只是聊個沒完，這樣的對話訓練簡直是最好的中文課，小知的臺灣國語越來越好，語言給與他的氣勢也越來越大，念哲學的他頭腦十分清晰，歌德對他說了康德的事，省去了背叛這部分，也說了麵疙瘩，只說意見不合，也提了陸恆，略去第一眼的迷亂，還有幾天床上的肉搏戰。講述自己是困難的，你總站在自己立場說話，或只說對自己有利的話，最多做到不指責對方，歌德不指責任何人，她說了一遍又一遍，覺得把心都掏出來了，有一天小知突然插話：

「有關你的傳言、黑函很多，說你跟老師上床，因外遇讓丈夫發瘋、敗德、目中無人……等等，跟你的說法不同，過去的事你不用對我說，你越說我覺得越多漏洞，我都要懷疑你的一切，最重要的是，你愛他們嗎？你真的有愛過人嗎？你愛我嗎？」

歌德盯著眼睛看小知許久，不知不覺他這麼會說話，在他的眼中她跟康德的虛構人生差不多吧！而小知看她的樣子是不是如同當年她看康德的樣子，什麼是真相，什麼是真愛，她無法回答，她反問：

「那你覺得真愛是什麼？你愛過人嗎？」

「也許我無法回答真愛是什麼，但我知道什麼不是真愛。我十三歲就談戀愛，對方比我大三歲，正確地說，是她勾引我上床，我們之間比較多的是性的探索，她老於此道，那是性啟蒙，而非真愛；我的初戀是十六歲，愛上高中老師，她三十三歲，已婚，有個小孩，在美國這是要坐牢的。但是不管是精神還是肉體，我都渴望著她，我想跟她在一起，我想光明正大娶她，想讓全世界知道我們的幸福與狂熱，而且會盡量保護我們的情感，但她總把我當小孩，只敢偷偷摸摸跟我幽會。最後她選擇了她的丈夫與小孩，並躲著我。我自殺過兩次，她也沒來看我，在那段住院的時間，我想清楚一件事，我愛她，她不愛我，她跟那些誘拐年輕男孩上床的女人一樣，會一犯再犯，她們是有罪的。這不是真愛，我有愛人的能力，而她沒有。你說的康德，他或許跟這個狀況差不多，只是他讓你覺得性是汙穢的，因為他已失去性能力，他也不希望你有，只能說是較像父女的師生關係，這不是真愛，你所說的精神戀愛，就像腦部長瘤一樣，腦補的成分太多了，這不是真愛。陸恆他喜歡你，你不喜歡他是肯定的了，單向的感情怎會是真愛呢？這跟你的前夫差不多，他是為愛而瘋狂，但你不愛他。整個說起來，你沒愛過他們任何一個人，你沒有愛的能力，這是最讓我害怕的，會不會我的愛又是單向的？」

「不要說了，你太自以為是。」

「最難的往往是面對真我。」

「那你有過真愛嗎？應該也是沒有吧？否則不會逃到臺灣來。」

「三年前，我在波士頓與一個大我五歲的臺灣女人相愛，是啊，我愛的都是比我大的女人，導師型的知性女子。她讀哲學，也是她教我中文，是我的思想啟蒙師，我愛她，她也愛我，兩年前都要結婚了，她卻在車禍中喪生。為此我又自殺一次，住院期間我想清楚了，我們都熱烈地愛著彼此，在相愛的每一時每一刻，都碰觸到永恆，而她也將成為永恆的一部分，沒有太多遺憾。然後我就到臺灣來，遇見了你，你還記得我的張皇失措嗎？連話都不會說了，在美國我可是辯論高手，那是因為愛被啟動之後的恐懼啊，你更符合知性導師的理想原型，也是終極型，我的老靈魂早就告訴我，我比我的外表老很多，而你的外表卻比你的實際年齡年輕許多，你心裡住著一個小女孩與成熟女人，我有信心，能夠與你相愛到老。」

「不行，你觸到我的底線。這裡的學院還是很保守，不是你能想像，而我絕不想再做第二個康德。」

小知只遵照歌德的準則，之後所謂精神之愛也並非那麼精神，他們除了最後一道，幾乎都做了，但禁止進入，這是如何折磨之事，但這讓年輕的小知慾火越燒越旺，當他的下體變得僵硬且顫抖，他摟住歌德說：「我受不了了，我恨你。你跟塊石頭一般堅硬。」經歷過一連串的搏鬥，最後光著下體逃走，之後他跟許多女人上床。精神之愛是無法成立的，且脆弱不堪一擊。為什麼這麼堅持，歌德越明白小知的性狂熱，越知道就算跟他上床也很難滿足他，他的性需求像個黑洞一般，她不願往下跳。歌德每想及他與許多女人的性愛場面，覺得像被凌遲一般，這是個更無間的無間地獄。小知永遠無法理解，歌德不是討厭肉體，而是將身體視為聖殿，不容許濫用，或汙穢，師生之間尤其不能，這就是康德與歌德模式的愛。她每天都盼著小知回來，她應該是愛他的，否則為何妒忌啃咬著她的心，最後一次見面，在寢室中，他坐在黑暗的地板角落跟她對話：

「你要對我說什麼？」他的身上有著寒意。

「你愛上別人了嗎？」

「並沒有。」

「你能回來，不要再糟蹋他人與自己嗎？」

「決定權在你。」小知越來越會說話。

「我真的沒有辦法再更進一步……」

「那我走了，這次走了就真的走了。」

小知走了，順便把所有的燈都關了，他知道她睡覺時要全黑。他走了，把所有光亮的按鈕全按黑，留給她一棟全黑的屋子。

這是魔咒降臨吧！這才是真正的死亡。原來巨石之中，就是全黑與恐懼，這是康德服毒之際的感覺嗎？

當初就該逃離或者拒絕，那是梅林與薇薇安之間的魔咒，一旦被開啟，將永世難逃。就像她好幾次想逃出這裡，但終究沒有，而康德是不是只是暫時被封存於巨石中，或者大樹，每當她穿越樹林，她總聽到一陣又一陣低語……二十歲的湖中女妖，為何騙去我的法術，卻不給我愛？永遠二十歲的藍色女孩，年輕到令我自卑與蒼老，用魔法交易的愛餌，最後空無一物。你將永遠走不出巨石陣，這是最後的咒語，你來不及學習，那用死亡換取的愛是個死結，因為死亡無解，無解，無解……康德教給她一生所學，想把她捏造成另一個康德，她卻覺得自己越來越像溫虹，一個為愛消失自我最後真的消失的女人，現在她的頭髮漸漸花白，臉孔變得圓潤，她不可能也不願意成為另一個康德。

現在她能理解康德必死的決心與麵疙瘩的復仇了，那種被抽空般的寂寞與空虛，那腦中自動放映的淫亂畫面，那自閉者頓失依靠的恐懼與瘋狂，現在她跟著經歷一次。常常她在熱淚中醒來，原來被背叛的感覺是這樣，她竟無法感知，而她比麵疙瘩更自閉，更是活在自己的世界，難怪她無法主動愛人，只有像大災難那般的瘋狂熱情，才能讓她稍稍感受愛意的微溫。她想跪下來懺悔，做三千次拜懺，或者向他們道歉，請求他們的原諒，但已將自己封閉的麵疙瘩會接受嗎？不能再講電話，他一定會以為是又一次的密語或謊言；也不能寫信，只有一再誤讀，或是成為呈堂證據。這如海般的仇恨也許終其一生都無法化解了。如果他能再接受別人，再愛一次，且是主動的愛，也許他會走出密閉的房間，但這對他太難了。

自閉者與自閉者是無法溝通的，她只有將一切懺悔寫進日記中，日日，她以文字以眼淚與無眠訴說懺悔。

愛的輪迴，使我們不斷變換角色與立場，這樣你才能變成他人理解對方的想法，而放下自己的偏見，但理解又能做什麼？她只知道此生將放棄對真愛的追尋與探究，自我是沒有真正究竟的，然他人就是我們賴以生存的宇宙，總要有與之相應的途徑與方法。

歌德將所有的精力放在學生身上，她不像老師，更像是他們的母親或者朋友，她將她一生所學毫無保留地傾倒出來，把學生打造得光光亮亮。原來她最適合的還是當老師啊，自閉者無法跟同儕溝通，他們懼怕相近年齡的人，怕競爭怕被比較，他們也懼怕前輩，大都以叛逆背道而行對抗，奇怪的是他們跟小輩的人沒有距離，相處更為融洽，因為自閉者固著原處，永遠都是十八歲。

現在她開放她的家任學生來來去去，剛開始是本系，後來外系外校也來了，經過十年，老學生新學生聚在一起，就是讀讀書，說說話，一起做飯一起生活，歌德話很少，但是她是個靈敏的批評者，與細心的聆聽者，她總能抓到問題，打蛇打七寸，她能客觀分析，並自成體系，那可說是忘我的哲學，也是自閉者的學說。

這讓她想到許多存在主義者都是有自閉傾向的人，如尼采的「超人」、海德格的「怖懼」、卡繆的「肉身的反動」，或者卡夫卡的K，甚至是老莊的至人真人，都在美的另一端，而更顯真實。所謂的無己與坐忘，是成為超人的途徑，那種強迫性對自我存在的厭惡與荒謬，自閉者一生與怖懼共生，以厭己出發，最後把眼光投向他人，他人是地獄，也可能是唯一的救贖與出口，自閉者如果沒有一再遭逢他人，他怎能有真正的感知，對於自我無存在感的人，只能閱讀他人的形貌、動作與語言，像一扇窗或一面鏡子，略微感知存在感，他們是如此的後知後覺，導致錯待他人，也錯待自己，然而以他們八歲的天真與熱情，會是最狂熱的探索者，因為他們不知放棄，也無意傷害別人，最終將化為真理的一部分。

梅林法師的故事不也是自閉者的隱喻，梅林喜歡躲藏在黑暗中，能挪移巨石作法，教亞瑟王拔出石中劍，最後被鎖進巨石中，這不就像是自閉者所處的世界與心靈，他們怕被看見，就用黑暗與巨石將自己封存。自閉者獨自一個人時最自由快樂，他們太愛孤獨，或者只有孤獨是最安全的，因此只要與人相處，絕對被排斥或者發生衝突，而代表著情慾、子宮與女陰的湖中女妖，一定會排斥他，不是因為他的年老，而是因為他的僵硬，僵硬者不知變通，最後終將被吞噬，那是一定的結局，不是被他人封閉，就是自我封閉。

只有拚命走出來，站在一切光明之中，找到與人連結的方法，不耽溺於孤獨，與孤獨同枕，不一定要強烈的愛，只要一點溫暖，他們就能生存，那時他們或許會釋放愛或接受愛。

也許這就是解除魔咒的唯一方法，連康德自己也沒想到，她自己走出的一條林中小路，對於自閉者來說，理解一句話或一個人需要一輩子，或者連一輩子也不夠用，他們常停留在原點或固著點，所以天堂與地獄並無分別，都是此世此時此地，並生並存並通，上一秒是天堂，下一秒就是地獄，而不在來世彼時彼地，所謂的迦南地是不存在的，康德不斷指出迦南地在遠方，那是他說的最大謊言，此世此時此地明明就是迦南地啊，這裡就是流著奶與蜜的土地，還需要走出紅海嗎？他們已經在迦南地中，而不自知，最後抱憾死去，這是最讓人無法忍受的痛苦與絕望。

番外篇：密語

到過白的家之後，他也知道我們去了他家，在下一次回國時，他與妹妹見了面，聽說一起看了許多老照片，白說：「你們家的女孩不喜歡嫁同鄉人。」大約還有一些生疏，並未深談。我們家的女孩是嫁得一個比一個遠，可能是看好萊塢電影長大的，對遠方有著嚮往。不久妹妹去異國旅行再見到了白，那個晚上她住在親戚家的大別墅，聽說院子有一公畝大，離市區很遠，但白還是來了，跟著他來的還有太太，她是家鄉小鎮那家戲院老闆的女兒。白說了他的愛情故事，在他還很小時經常通過那長長的祕道到戲院，然後進入女孩子家。後門與戲院相連，從他家後門可以直通她家，像祕密通道總會有什麼事在發生，他們從小一起長大，女孩的身體多病，有幾次在死亡關頭，被白的醫生父親救活，因此收她為乾女兒，白常住在她家，上演著比電影還像電影的劇情。白比她大十歲，在她小時就常背著她玩，有時她在沙發椅上睡著，他抱著她到床上，我光想到那畫面就心酸惱怒，兩個相連的家，通向電影院，光這點就令人發狂。誰不為電影發狂，而他擁抱一個電影院的女兒！就像韓劇一樣，所有的愛情都要發生在同一個屋簷下，在家庭空間中產生，這一點都不浪漫的愛情為什麼會摧人肝肺，也許是接近亂倫的兄妹之愛撩亂原始激情，愛上的必須是歐爸，必須是；而歐爸有著戀童癖，蘿莉塔情結，電影一定要這麼演，你不但不能阻止，尚且自己沉浸於劇情，動容淚下。他們的終身早已被框好，只有他們自己不知道，一直到三十歲出國，他也還沒交過女朋友，等他出國回來，女孩長大了，而他周圍的人都已結婚，他終於與女孩結婚。

多出一個女孩，她就生活在戲院裡，相隔這麼近，當我睡在雞蛋花下，她也在同一棵樹下，她還在長大，且好幾度病得要死，愛在疾病中萌芽，他們的終身已註定，女孩家早把他視為未來女婿，可以說他早已是有婦之夫，他愛得這麼深連自己都不知道，以致無法再愛別人，他不知道這會破壞別人的終身，他是無知且無辜的。終身被註定的部分可以原諒，溢出的部分無法回收．我與其說是愛上他，不如說愛上那愛之光，他被那樣的光包圍，是我從未踏入的光域，那是受到神的祝福的非想世界。

這樣的愛我從未碰見，那種被神之手安排的緣定前生，且七世為夫妻，因為這樣我走向另一個極端，徘徊在充滿陰影的曠野，並習慣與風對話。

他在太太面前對妹妹說：「永遠記得你小時候的樣子，梳著兩條辮子，在我們家跳繩的樣子，那時的你好美啊，我無法忘記。」太太說：「那我呢？我也常在你家玩啊！」白說不出來有點窘；他還說他們那時都怕我，推派鍾來追我，結果……

這些話語還是非常模糊，像一組密碼般解開一些迷惑。人在恐懼中常產生懷疑，或者誤解彼此，這些懷疑與誤解，看來很小，卻足以改變人的一生。妹妹回國後眼中有異樣的光，她的美被記住了，那百朵曇花匯集而成的白鯨，曾游過他的眼前，聽說鯨魚的生命分兩段，活著的那一段，牠吃小魚，死後屍體被小魚吃，牠死得非常久，跟活著的時候一樣長，後段生命滋養了海洋，改寫死亡空無的意義。只要看過這樣的白鯨，就很難忘記，有一天大家都會死去，而他將帶著牠直到地下。

愛是這麼難以理解的功課，用盡一生之力只得到一些密語，也許愛真的就是個祕教，它的信徒最多，但能真正悟道的很少，大多是錯會、錯待、錯過……愛在一切言語與行動之前就存在了，我們的言語與行動大都落後且延遲，因此顯得荒誕可笑。

啊！我要到草原的另一頭，那裡有一片葦蕩，繼續與風對話，只要你進入其中便能遺忘。

葦蕩

歌德與胡漣又回到埤圳旁，那個廢棄小屋已改建成大樓，然濕地仍是濕地，圳邊還有一排蘆葦，正迎風搖擺。她們在這裡合開了一個免費寫作班。與其說是寫作班，倒不如說更像中途之家，逃家、失學、失婚、失業、失心……一切奇奇怪怪的人集中到這地方，歌德講她的哲學課，胡漣開寫作課，學生越來越多。

小都帶著長大的永進入寫作班時，歌德看呆了。二十五年不見，小都變老了，她的頭髮全白，滿臉皺紋，這二十年她經歷過怎樣的折磨，才四十幾歲就像六七十歲的老婦，而永長得真像康德，是更高更好看的康德，歌德抱住小都：

「原諒我，這麼多年沒去看你。」

「沒關係，我知道。」

「你過的是什麼生活，吃了什麼苦啊！變成這副模樣。」

「我過得很好，比你想像的好，只是白髮多了，變老了……」小都簡單敘述自己的生活，她的經歷讓大家沉默許久。歌德聽見內心的牆逐漸在崩塌，多年來一直在學院內作的研究，強調的是理論，說不上繼承或創見，而小都用她的生命驗證康德留下的理念，在她看來過時而微不足道，然而小都才是康德思想的承續者，走出自己的林中小路。她很單純，也沒理論基礎，她只是體現舊有的價值。

現在髮已蒼蒼的小都看來多麼像照片中的溫虹，多年來她找尋溫虹而不可得，現在彷彿就在眼前。在她身上，可以看見溫虹的一生，接受過康德的恩愛，而後化為恩慈，怪不得讓康德思念一生，然溫虹必然也像小都一樣，在某處用自己的生命體現恩慈並實踐恩慈。

不能驗證與實踐的思想都是空的，她雖然走到康德的位置，卻只是原地打轉，不僅不懂得愛，還放棄了愛。

歌德看著永，感覺很複雜，他看來靦腆害羞，卻有著靈氣，又是一個完全活在自己世界的小孩，如今他已念完博士，在美國大學任教，出了第四本詩集，第三本哲學著作：

「你喜歡寫東西？」

「嗯！」

「都寫些什麼？」

「詩，還有哲學。」

「可以給我看嗎？」

不看人的臉，不直視人的眼睛，也不回答，又是一個自閉者，然而歌德不急，她知道如何跟他們溝通，這麼多年來，她碰到過許多這樣的人。

永的詩與哲學書已有自己的體系，可說是天才作者，作品帶著濃濃的哲思，他跟康德不完全像，但也有一點像，他不是康德的轉世，而是康德的遺物，這裡的人都是這麼想的。

不久僵直男五海與小腦男謝易也來了，他們變老反而不醜了。五海滿頭灰髮，臉孔紅潤光滑，僵直男發現自己得病後，這幾年他們拆夥了，他在東海岸開書店賣咖啡放電影，把錢賠光了，卻有一大堆好朋友，現在靠寫影評與書評維生，錢雖少，然原始人的生活他是做到了。他將賣剩的書與影碟還有咖啡店的配備全捐給她們，還整修房子，把教室布置得有模有樣，高級古董音響，放著他收藏的好音樂，這比當年的康德教室豪華太多了。小腦男謝易現在是中文教授，在某大學教老莊，他留著蓬鬆捲髮，頭部體積變大的他看來怪中有型，身高不到一六〇腳穿高跟鞋矮子樂，白布衫黑寬褲民俗風，這跟他教的老莊很搭，他也願意在這裡免費授課。當年的老同學差不多都到齊了，還差幾個，但會來的都來了，有時五海會提到麵疙瘩，他是唯一跟他有聯絡的人，自從他到這裡上課，他也與他絕交，這倒沒差，他們很少聯繫或見面，謝易說：

「他從不跟我打電話，說電話被竊聽。好幾年才見一次面，都是奇怪的地方，而且不斷換地點，說怕有人跟蹤，他變得更瘦，瘦得像根麵條，頭禿了，背也駝了，說的話很奇怪，說是他編的密碼，跟他溝通更難了，只能點頭或搖頭。唉！」

「我把他傷得太深，這個局還真不知如何解。當然他也不至於太差，他還能工作就是過得還可以，又有媽媽在他身邊，也都護著他。他如果找個正常一點的女人，也許生活更快樂些！」歌德嘆氣。

「你們還有可能嗎？」五海問。

「不可能了。但我覺得他應該走出來，媽媽老了走了怎麼辦？」

「你也不用太自責，沒有你，結果可能還是一樣，他更需要醫生。他日子過太好，到難民營做幾年志工就好了，或到藏區住幾年，我完全可以介紹。」胡漣說。

「自閉者是最爛的信徒了，他們只相信最原始的宗教，跟小孩一樣相信精靈，他自己是大精靈，有一群小精靈圍繞著他。」謝易說。

「這也是另一種幸福。其實現在這種人越來越多，自閉、媽寶、對人充滿仇恨，他只是出生較早而已。」五海說。

「無法改變嗎？」歌德問。

「我們的腦已被科技改變，未來的人會更是疏離冷漠仇恨。越是愛罵腦殘、腦洞、腦補的時代，腦病越嚴重。」謝易說。

「聽說美國人已開始服用維生素D3以克服癌症、憂鬱與厭世，我也服用一陣，效果不錯。現代人缺乏日照，神經系統易失常，免疫系統的病越來越多。」五海說。

「你是說我們都來服用D3就好了？或者寄D3給麵疙瘩？」胡漣扠著腰質疑。

「D3治療一切，你在傳福音嗎？以後叫你D3教主好了！」歌德大笑。

小都拿出康德交給他的鑰匙，五海在整修房子時，注意房子附近有個掩埋的洞，探勘許久，分別在房子後方與葦蕩中埋有好幾口箱子，他把它們挖出來，當他們班幾乎全員到齊，由小都將箱子逐一打開，裡面除了照片、信件、日記，還有遺著及一本手寫自傳，還有許多德文書，裡面沒有證件或學歷證明，在戒嚴時期，他可能預計二十年後才解嚴，故而在這裡埋藏了他的身世。康德的自傳說著他原名康景生，生長於湖北的鄉下，父親是大地主，因盜匪盛行，擁有自己的兵丁，就算這樣調皮的他還是被綁架，家人為了保護他，送他到上海讀書。溫虹的身世前半變成康德的，她才是出生在英國，父親與母親是大學教授，十二歲因歐戰被送回老家念中學，與康德成為青梅竹馬同鄉與世家之好，後來跟著康德到上海讀書，康德念的是聖約翰大學數學系，溫虹念哲學系，在戰爭初期他們都加入地下黨並曾在中統局當反間諜，之後到蘇聯留學，溫虹改名為溫紅，就在這裡認識小蔣，後來國共分裂就不再聯繫。康景生與溫紅結婚後到延安，中共建國後，夫妻都在上海教書，在三反五反運動中，他們被打成右派，溫紅下放，康景生因幾篇文章遭到激烈批鬥，他因有海外關係逃到香港，以各種化名寫文章。初到香港生活困窘，語言又不通，這時遇見一個貫通中西哲學的天主教神父，教他德文與神學、哲學，原本想到德國當修士，沒想他寫的書在香港大紅，他把收入都拿來濟助調景嶺的難民，沒想他的書觸怒香港政府而被驅逐出境，因小蔣的意思而被臺灣收留，他一方面是激烈的反共份子，一方面有共產黨的身分，又是香港政治犯，如果不是小蔣這強大保護傘，他可能被多方追殺。他的身世一再竄改，因他背後還有一群跟他一樣的人，長期受他保護，他的名字也是假的，他戴著多重面具，他說的殺出「紅海」，另有一層意思。他盼望能與同志殺回故鄉，但早在過世之前二十年已覺不可能，他只有著書立說，在寶島種下一顆希望的種子。他們幾個的未來他預見了，同時預見機器人將打敗人類，未來是全新的時代，必須要有全新的思維：第一、金錢將失去以往的意義，沒有人要存錢，因為越來越多免費，人們以物易物，財產只是負擔，人以能創造多少新價值為目標；第二、國家與官僚也將失去以往的意義，跨國跨界組織興起；第三、哲學與神學、心靈科學將重新融合成新思想；第四、虛擬政府與組織興起……

最後一頁，寫著他也看到了他們的團聚，他們狂亂的一生，他寫著：

今天你們齊聚在這裡，看似你們揀選了我，其實是神揀選了你們，你們將通過總總魔考，而來到祂的面前，讓這顆種子發芽茁壯，一切的痛苦都值得，一切的考驗都是必要，該流的淚讓它流盡，你們將放出自己的光照亮別人，連死亡也不能阻擋，我用我的生命證明這一切。

我的存在只是意識流動的假象，你我都在這意識流中，沒有過去、現在、未來，沒有人我之分，所謂的實存像是一齣戲，我們可以抽離，只有觀看是真的，死亡並非終結，它是回返意識之途，更清醒地觀看。

裡面還有一本名冊，總有幾百人，這些祕密名單大約是他所說的同志，而寫作班只是個掩護，只因這是祕密基地，現在這些名單上的人大多死去，就算活著也不再被追殺。他們是如何活過那如洞穴一般黑暗低濕的時代，他們曾經燃燒的理想火焰在漫長的歲月中消黯，在絕望與不甘中死去，他們是濕地之中的沼人，一個個悄悄沒入黃泥，當一切的努力化為烏有，國仇家恨未報而身先死，他們的姓名都是一個個怪誕符號，只有荒謬的時代才會製造出的符號，他們終將被遺忘丟棄，康德保留這些名單，應該自知走不出紅海了，剩下的只有血海深仇。康德走過的一生是如此驚濤駭浪，而他卻在死前鎮定地安排好一切，還深情留下遺言，他的一生常在寫遺言，以致他的生命就是一則遺言。在場的所有人都呆住，因陷入深思而忘記流淚，只有長長的沉默。

如今寫作班的工作變多了，除了開班授課，還多了整理遺著出版，以及重立新名單，尋找名單上還存活的人。溫紅後來一直待在北京研究冷單位，過著半隱居的生活，當歌德二十年前尋找她時，她已改名為溫德，這是康德早就知道的事，他們一直保持聯繫，康德這名字就是他們夫妻的合體。溫德死於康德死後幾年，也是服毒自盡。

這是不是康德真正的身世，無法確認，然而什麼是真什麼是假已經不重要了。歌德想著，人的生命分上下冊，有呼吸的是上冊，沒呼吸的是下冊，上下冊的內容不盡相同，像正負片一樣，一正一反，都是殘片。在上冊時，你對他人或愛慾或憎恨，要求他期盼他，總是很難滿足，以致留下許多殘缺；在下冊，已無法要求他期盼他，只記得一些奇異的時刻，他以碎片的方式殘留在別人的記憶中，活得有多久，下冊就有多長，任人填補記憶空白。上冊結束，下冊才開始，對歌德來說，康德的上冊這麼短，下冊卻還未完結，也許等她自己的上冊結束，康德的下冊才會真正告一段落，繼續由其他的人接續下下冊……下下冊是屬於那些死後留名或名留丹青的人，無論如何接續，多少下下冊，都不能改變生命是殘缺的事實，因著這殘缺，人自會尋求屬於他自己的圓滿。

沒想到D3教主隔年就過世了，多年前他發現自己罹癌，辭去工作，到臺東開書店，除了切除手術，他靠各種自然療法抗癌，堅持有尊嚴地活著，拖了五年，病發時來得又急又猛，躺了三個月就去世了。僵直男五海的脊椎僵直症，讓他對所有轉頭、彎腰、曲身的動作都做不來，他睡覺時一旦直躺就起不了床，根本起床對他就是艱難的任務，剛睡醒時全身最是僵硬疼痛，這種狀況要服藥兩三小時後才緩解，因此起床第一件事是喝水吃藥，但是光翻個身就困難，所以他都是堆著棉被側臥，起床時就直接滾下床，爬到浴室先泡熱水澡，然後喝水吃藥。他一生只有幼年時期平躺過，十歲發病後，幾乎沒有平躺過。現在他終於能夠平躺了，死亡解除他的疼痛，卻換來另一種僵直，也是歌德、胡漣、小腦男圍著他，這次還有一些寫作班的學生，沒有人哭泣，僵直男的面容很安詳，這大概是他睡過最長最好的覺。當他入殮時，是小都幫他洗身更衣，五海的大體很柔軟，小都從未接受過這麼放鬆的身體，這時的他散發出寧靜與喜悅的能量，讓所有在場的人渾身愉悅地顫慄，五海的修為太好了，才有如此良善的死，小都不敢驚動他，他的身體微微泛光，她凝視著這光，感受到圓滿的至福，人生就該是這樣。告別式那天，他們以最好的音響放著五海最喜歡的音樂，在平靜祥和之中，麵疙瘩突然出現，他整個背都駝了，眼皮掉下來，像眼罩般幾乎蓋著眼睛，他緩慢地走到靈前上香，然後又緩慢地離開，他的形容是如此悲愴，彷彿承載這世界所有的痛苦，這時在靈堂中所有人放聲大哭，他們幾乎像嘔吐般哭喊，彷彿要吐出所有積壓在胸口的痛苦，因著不同的痛苦，或尖叫或吶喊或狂哭，那哭聲震動天地，連死者都要回頭，生者失去生趣，然而麵疙瘩似乎聽不見，也看不見，佝僂得像個問號緩緩走出靈堂。

周芬伶作品集 07

濕地

作者	周芬伶
責任編輯	張晶惠
創辦人	蔡文甫
發行人	蔡澤玉
出版發行	九歌出版社有限公司
	臺北市105八德路3段12巷57弄40號
	電話／02-25776564・傳真／02-25789205
	郵政劃撥／0112295-1
九歌文學網	www.chiuko.com.tw
印刷	晨捷印製股份有限公司
法律顧問	龍躍天律師・蕭雄淋律師・董安丹律師
初版	2017年2月
定價	280元

書號	0111307
ISBN	978-986-450-111-3

（缺頁、破損或裝訂錯誤，請寄回本公司更換）

國家圖書館出版品預行編目資料

溼地 / 周芬伶著. -- 初版. -- 臺北市：九歌, 2017.02

面；　　公分. --（周芬伶作品集；7）

ISBN 978-986-450-111-3（平裝）

857.7　　　　105025422